Elisabeth Ambras:
Heiß & kalt
Erotische Geschichten

Deutscher
Taschenbuch
Verlag

dtv

Juni 1994
Deutscher Taschenbuch Verlag GmbH & Co. KG, München

Erstveröffentlichung: Nördlingen 1987
Eine erweiterte Fassung liegt in der von Hans Magnus Enzensberger herausgegebenen »Anderen Bibliothek« im Eichborn Verlag unter dem Titel ›Fernsteuerung‹ vor.
Gestaltungskonzept: Klaus Meyer
Umschlagbild: Mashena Domagala
Gesamtherstellung: C. H. Beck'sche Buchdruckerei, Nördlingen
Printed in Germany · ISBN 3-423-11885-7

Das Buch

Schamlose, verrückte, bizarre Geschichten, die sich immer nur um das eine drehen. »Ich weiß nicht, wie ich dazu komme«, schreibt die Autorin, »man erzählt mir alles, fast alles, in Zugabteilen, in Kneipen, in Hotelhallen, man lädt mich ein in eintönige Wohnküchen und geschmacklose Boudoirs. Ich höre zu. Ich frage nicht nach, doch ich wehre auch nicht ab. Natürlich gebe ich mich nicht der Illusion hin, als ginge es dabei um die sogenannten Tatsachen. Denn das, was man mir eingeflüstert hat, ist nicht wiederzuerkennen, wenn es schließlich schwarz auf weiß auf der Seite erscheint – ganz zu schweigen davon, was der Leser aus den abstoßenden, wunderbaren, banalen Wachträumen macht, die ich ihm überliefere.«

Die Autorin

Elisabeth Ambras ist ein Pseudonym. »Mein Mann möchte, daß ich auf etwas Rücksicht nehme, das er seine ›gesellschaftliche Position‹ nennt. Ich erfülle diese Bitte gern, wenngleich ich nicht sicher bin, was er damit meint. Literatur als Beruf liegt mir fern. Ich bin Amateurin und schreibe zu meinem eigenen Vergnügen, meinem eigenen Verdruß. Ich bin kurz vor dem Zweiten Weltkrieg in der Schweiz geboren, wurde in England erzogen und führe ein eher nomadisches Leben.«

Inhalt

Vorrede

Meine Bewunderung für die Romanschriftsteller ist grenzenlos. Wenn ich ihre Werke öffne, gleichgültig, ob es sich um einen Klassiker handelt oder um den Verfasser eines Groschenheftes, staune ich über die üppige Einbildungskraft, die sie an den Tag legen. Ich selber habe keine Phantasie. Ich erzähle nur, was andere mir erzählt haben: die geringfügigen Geheimnisse, die sie, wie das Kleingeld in ihren Taschen, mit sich herumtragen und die sie, so wenig wie ihre Münzen, für sich behalten können. Der Stoff, aus dem meine Geschichten sind, ist zahlreich wie der Sand am Meer und ebenso gewöhnlich.

Es liegt mir fern, diese Düne aus Worten abzutragen. Die Kompendien des Alltäglichen, jene Wälzer, die man Dokumentationen nennt, sind nicht nach meinem Geschmack. Um der Eintönigkeit Herr zu werden, kürze ich, zensiere ich, wähle ich aus. Denn die Gesetze, mit deren Hilfe Eros uns beherrscht, sind ebenso einfach wie unerschöpflich: es sind die Regeln der Kombinatorik. Die Bilder, mit denen er uns verblüfft, sind die eines Kaleidoskops. Eine leichte Drehung genügt, um uns zu fesseln. Wollten wir, statt uns in seine flüchtigen Vorspiegelungen zu versenken, den Tubus öffnen, wir fänden nur ein paar simple Glasperlen, glitzernde Steinchen, kristalline Strukturen, wie die, aus denen der Sand der Wanderdüne aufgebaut ist. Es kommt aber auf das

Ensemble an, auf die Spiegel, die das Muster erzeugen, und auf die Wendung, die ihm der Betrachter durch eine unwillkürliche Regung der Hand verleiht.

Wohin ich auch komme, überall finde ich mich solchen Schaubildern ausgesetzt, die den Zufall ebenso wie die verborgene Regel am Werk zeigen. Ich weiß nicht, wie ich dazu komme. Man erzählt mir alles, fast alles, in Zugabteilen, in Kneipen, in Hotelhallen, man lädt mich ein in eintönige Wohnküchen und geschmacklose Boudoirs. Als ich jünger war, hat mich dieses Zutrauen gekränkt; derjenige, der seine Heimlichkeiten vor einem andern ausplaudert – gibt er seiner Zuhörerin nicht zu verstehen, daß sie gefeit sei, daß sie nicht in Betracht komme? Ich fühlte mich mißbraucht, übergangen, *hors du jeu.* Aber mit den Jahren habe ich gelernt, mit meiner Gabe zu leben. Ich höre zu. Ich frage nicht nach, doch ich wehre auch nicht ab. Ich erhebe keine Einwände, aber ich spende auch keinen Trost. Ich urteile nicht über das, was ich höre, ich lasse es über mich ergehen.

Ich habe mich oft gefragt, woher das Bedürfnis kommt, sich einer Zuhörerin wie mir preiszugeben. Manchmal wollte ich meinen eigenen Ohren nicht trauen. Was kann diesen schwernackigen Mann mit den Schultern eines Boxers, was kann jene zierliche Greisin bewogen haben, mich in ihre privatesten Verhältnisse einzuweihen? Ich weiß es nicht. Wollten sie mich zum Widerspruch herausfordern? Suchten sie die Vergebung ihrer Sünden? Ging es ihnen um eine stumme Form der Verführung? Sahen sie einen Beichtiger in mir, eine Ratgeberin, eine Richterin, eine Therapeutin? Das kann ich nicht glauben; denn ich hätte sie enttäuschen müssen. Sie waren aber mit meinem Schweigen zufrieden. Ich vermute, daß es die Wiederholung war, an der ihnen am meisten lag; sie wollten sich ihrer Erinnerung vergewissern und dem Zweifel daran begegnen, daß ihnen das, wovon sie sprachen, wirklich widerfahren war. Dazu brauchten sie mich.

Nur so kann ich mir die Hemmungslosigkeit erklären, die manche meiner Gewährsleute an den Tag legten. Man kann des öfteren die Meinung hören, diese Zügellosigkeit sei eine Errungenschaft oder ein Laster unserer Tage; früher hätte in sexuellen Dingen die strengste Verschwiegenheit geherrscht. Ich glaube nicht an dieses Convenu. Die Menschen haben ihre Geheimnisse noch nie für sich behalten können. Ich teile auch nicht die verbreitete Angst vor der Entzauberung des Erotischen. Ich habe nämlich die Erfahrung gemacht, daß das Geheimnis, das meine Zuträger mir eröffnen wollen, um so undurchdringlicher wird, je mehr sie mir davon erzählen.

Natürlich gebe ich mich nicht der Illusion hin, als ginge es dabei um die sogenannten Tatsachen. Daran können nur die Sexologen glauben, bedauernswerte Menschen, die ihre traurige Wissenschaft auf Umfragen, Zählungen und Messungen zu gründen suchen. Sie verstehen nicht, womit sie es zu tun haben: mit einer Erscheinung, bei der Phantasie und Realität ein unauflösliches Amalgam bilden. Das, wovon hier die Rede ist, entzieht sich jedem empirischen Zugriff. Es ist von geisterhafter Beschaffenheit. Daraus folgt, daß es »wahre« erotische Geschichten gar nicht gibt. Auch ich verdiene es nicht, daß man mir glaubt, daß man für bare Münze nimmt, was ich sage. Denn das, was man mir eingeflüstert hat, ist nicht wiederzuerkennen, wenn es schließlich schwarz auf weiß auf der Seite erscheint – ganz zu schweigen davon, was der Leser, wenn es einen Leser gibt, aus den abstoßenden, wunderbaren, banalen Wachträumen, den flüchtigen Trancen macht, die ich ihm überliefere.

Beschreibung eines Kampfes

Das wunderlichste an dieser kleinen Geschichte ist, daß ich sie nicht vergessen kann, obwohl in den Jahren, die seitdem vergangen sind, wahrhaftig wichtigere Dinge geschehen sind. Was sind wir doch für Egoisten! Ganze Städte gehen unter, ganze Länder werden verwüstet, und unser eigensinniges kleines Gehirn hat nichts Besseres zu tun, als sich eine so unbedeutende Episode zu merken, bis ins kleinste Detail, als hätte sie sich gestern zugetragen. Wie töricht von mir, in meinem Alter, mein Herz an so leichtfertige Dinge zu hängen.

Mein Mann, der immer sehr verständnisvoll war – er fehlt mir sehr –, hatte immer eine gescheite Erklärung für meine kleinen Schwächen. Er pflegte zu sagen, ich hätte damals – mein Gott, sechzig Jahre ist das schon her – ein Trauma erlitten. Der Gute! Er gebrauchte gern solche Worte. Sie halfen ihm, mit vielem fertig zu werden, was ihm sonst unbegreiflich geblieben wäre. Oh, ich ließ ihn bei seinem Glauben, doch ich teilte ihn keineswegs. Ich schwieg und wußte es besser. Denn ich war weit davon entfernt, mich beschädigt zu fühlen. Ich fühlte mich erhoben von der Szene, die ich erzählen will. Vielleicht sollte ich vorausschicken, daß ich eine recht friedfertige Natur bin. Ich verabscheue Gewalttätigkeiten, und der Gedanke, anderen weh zu tun oder gar, sie zu schlagen, ist mir fremd. Auch habe ich nie bemerkt, daß die Eifersucht Herr über mich geworden wäre, obgleich es mir an Gelegenheit nicht gefehlt hat; denn mein Mann – ich sage es ihm ohne jede Bitterkeit nach – liebte nicht mich, er liebte die Frauen, und er war keineswegs wählerisch. Doch das gehört nicht hierher.

Ich war fünfzehn, und das bedeutete zu jener Zeit und in unseren Kreisen: ich war ahnungslos bis zur Dummheit. Zwar galt mein Vater im Kreise seiner Kollegen als Exzentriker, aber das hatte nicht viel zu sagen. Im Milieu der Gelehrten, mit denen wir verkehrten – mein Vater war Professor für theoretische Physik in Göttingen –, war die Etikette kaum weniger streng als am Hof eines Duodezfürstentums, und es galt dort schon als sonderbar, daß er sich, nach dem frühen Tod meiner Mutter, weigerte, an eine zweite Heirat zu denken. Wir bewohnten die riesige, etwas düstere Villa allein. Selbst die alte Wirtschafterin kam und ging, weil mein Vater keine andern Bewohner ertrug, nicht einmal seine Brüder, die im Hotel logieren mußten, wenn sie nach Göttingen kamen.

Daß mich mein Vater behütet hätte, wäre schon zuviel gesagt. Es war einfach selbstverständlich, daß sich meine Vergnügungen an die Sitten hielten, die in der Kleinstadt galten. Berlin war weit. Für die Bälle und Redouten, die aus exakt umschriebenen Anlässen und nach einem ebenso exakten Zeremoniell abgehalten wurden, war ich zu jung. Hier und da eine Geburtstagseinladung oder ein Konzert, das war alles. Ich erinnere mich kaum an meine Phantasien, nur an gelegentliche, seltsam weiße Träume, die mich beunruhigten.

Meine einzige Freundin Dolly lachte mich aus, wenn ich sie fragte, ob es ihr ähnlich erging. Sie war ein Jahr älter als ich. Ihre Mutter war Engländerin, ihr Vater ein führender Kristallograph, der lange Jahre in London zugebracht hatte. Vielleicht aus diesem Grunde durfte Dolly kommen und gehen, wie es ihr gefiel, und so kam sie oft in unser Haus. Mein Vater schien sie, auf seine zerstreute Art, zu schätzen, und mir wurde sie bald unentbehrlich. Wenn ich ihr von meiner Lektüre erzählte, von den unsinnigen Träumen und den halbherzigen Plänen, die ich hegte, sah sie mich aus ihren spöttischen grünen Augen an und tadelte mich sanft wegen der Bescheidenheit meiner Wünsche. Ich drang in sie, um zu hören, wie sie sich ihre Zukunft vorstellte, aber sie gab mir keine Antwort, und ich mußte mich mit ihrem halb abwesenden, aber auch vielsagenden Lächeln begnügen.

An einem Winternachmittag des Jahres 1925 kam ich vom Schlittschuhlaufen nach Hause. Ich hatte mich vertan; denn man traf sich jeden Mittwoch am Wall, um auf dem zugefrorenen Teich lange Runden zu drehen; es war aber dies ein Dienstagnachmittag, und als ich ankam, war ich allein. Der stille, graue Tag gefiel mir nicht, und so hielt ich mich nicht lange auf. Es muß gegen vier gewesen sein, als ich vor der Tür stand. Ich trat ein, legte meine Stiefelchen und die Schlittschuhe ab und wollte meinen Vater begrüßen. Um ihn nicht zu stören, ging ich auf Zehenspitzen in die Bibliothek, wo er um diese Zeit zu lesen pflegte. Aber sein Sessel war leer.

Ich kann es nicht beschwören, aber ich glaube, ich stutzte einen Moment lang, weil ich ein kleines Geräusch zu hören glaubte; es klang wie ein ersticktes Lachen oder wie ein Glucksen. Dann sah ich, auf der Lehne des Sofas, das vor dem Kamin stand, im Widerschein des Feuers, eine kleine, weiße Hand. Ich wußte sofort – ohne daß ich sagen könnte, woran ich sie erkannte –, daß es Dollys Hand war. Ich trat ein paar Schritte näher, besser gesagt, ich schlich mich an, denn ich fühlte bereits, daß ich es heimlich tat, und sah meinen Vater in seiner braunen Samtjacke, seinen dunklen Beinkleidern, aber ohne Schuhe, und unter ihm Dolly, deren bloßer Arm sich an die Lehne klammerte, während die andere Hand sich – so schien es mir – am Haar meines Vaters festhielt.

Ich hätte nicht sagen können, was er mit ihr machte; dazu war ich zu ahnungslos. Aber ich schrie. Ich schrie so laut, daß sie beide auffuhren. Sie waren nicht weniger erschrocken als ich. Mein Vater war sofort auf den Beinen, etwas derangiert, aber nicht ohne seine gewohnte Haltung zu verlieren. Merkwürdigerweise beachtete ich ihn nicht. Ich kann mich jedenfalls nicht erinnern, daß ich an ihm, was Väter vor ihren Töchtern zu verbergen haben, gesehen hätte. Ich stürzte mich auf Dolly, die halbnackt auf dem Sofa lag und die auch gar keine Anstalten machte, aufzustehen. Es war vielleicht ihr Lächeln, das an meinem Ausbruch schuld war. Ich stürzte mich auf sie und begann, auf sie einzuschlagen. Sie wehrte sich erbittert. Sie riß mich an den Haaren, wütend, schrie, sie versuchte, meine Arme festzuhalten, wir begannen miteinander zu ringen, wir stürzten ab und wälzten uns auf dem Teppich. Ich weiß nicht, ob mein Vater versucht hat, uns zu trennen, ob er uns einfach zusah, geschweige denn, was in ihm vorgegangen sein mag. Dolly schlug mit der Faust auf mich ein, ich zerkratzte ihr das Gesicht, und obwohl sie größer als ich war, gewann ich die Oberhand. Ich hielt sie mit beiden Händen fest und preßte sie zu Boden. Mein Kleid war zerrissen. Es gelang ihr, mir ihr Knie zwischen die Schenkel zu pressen. Sie tat mir derart weh, daß ich ihre Hände fallen ließ. Ich war bereits völlig außer Atem, da spürte ich, wie sie mich an der Kehle faßte, wie sie mich würgte, und sah ihre grünen Augen dicht vor mir, ich stöhnte, und in diesem Augenblick, kurz bevor ich das Bewußtsein verlor, überließ ich mich zum ersten Mal in meinem Leben jenen köstlichen Zuckungen, auf die es die Menschheit mehr als auf alles andere abgesehen hat und an denen, nebenbei gesagt, mein Leben nicht sonderlich reich gewesen ist.

Als ich wieder zu mir kam – es können kaum ein paar Minuten vergangen sein –, lagen wir uns in den Armen. Wir waren beide völlig erschöpft. Dolly sah mich mit einem unbeschreiblichen Lächeln an. Ich streichelte sie. Ab und zu sprangen ein paar Funken aus dem Kamin. Mein Vater stand regungslos, die Hände auf dem Rücken verschränkt, korrekt wie immer, an den Sims gelehnt. Wir nahmen keine Notiz von ihm, sondern zogen einander lachend an. Mein Kleid war nicht mehr zu retten. Statt dessen streifte mir Dolly ihr seidenes, mit Spitzen besetztes Unterkleid über. Warum wir keinerlei Gêne empfanden, noch dazu unter den Augen meines Vaters, vermag ich nicht zu erklären. Ich weiß nur, daß ich vollkommen glücklich war.

Mein Vater hat zeit seines Lebens kein Wort über diese Geschichte verloren. Auch Dolly ist nie darauf zurückgekommen. Wir erlaubten uns keinen Blick, der unser Einverständnis verraten hätte, nicht die leiseste Anspielung, und obwohl sich das vielleicht von selbst verstehen sollte – ich habe früh geheiratet und drei Söhne großgezogen –, füge ich, um jedes Mißverständnis auszuschließen, hinzu, daß ich in den sechzig Jahren, die seitdem vergangen sind, nie auf die Idee gekommen bin, einer Frau verliebte Blicke zuzuwerfen.

Dolly ist übrigens, als sie zwanzig war, mit ihren Eltern nach England gezogen, durchaus rechtzeitig, denn sie war Halbjüdin. Sie ist verheiratet, gut verheiratet, und mehrfache Großmutter. Wir sehen uns immer noch gelegentlich, sei es, daß sie mich hier besucht, sei es, daß ich nach Cambridge komme – trotz meiner fünfundsiebzig Jahre reise ich gern –, und so entschieden sie es bestreiten würde, wenn ich sie fragte, was natürlich nicht in Betracht kommt: Ich bin sicher, daß es ihr ebenso geht wie mir. Sie hat unseren Zweikampf nicht vergessen. Sie denkt daran, und sie weiß, daß ich daran denke, gleichzeitig, auch wenn ein Meer zwischen uns liegt, auch wenn die Villa vom Erdboden verschwunden, auch wenn fast ein Menschenalter vergangen ist. Ich sehe ihre Hand, an die Lehne des blauen Sofas gekrallt, ich fühle ihre Hand an meiner Gurgel, ich kann es nicht ändern, sowenig wie sie, und wir wissen, wo dieser Kampf endet, an den Pforten des Paradieses.

Die Sehnsucht des Zuhälters

Nichts gegen Huren, meine Dame. Auch wenn Sie nichts dafür übrig haben. Eine gute Hure ist eine Seltenheit, genau wie ein Opernstar oder eine Ballerina. Kunststück, werden Sie sagen, ein Mann wie der lebt schließlich davon. Das stimmt. Obwohl, Sie dürfen auch nicht alles glauben, was über uns in der Zeitung steht. Es gibt solche und solche. Die Sandra jedenfalls, da kann ich nur sagen, Hut ab, und von der habe ich nun wahrhaftig nichts gehabt, wenn Sie das meinen. Im Gegenteil. Die hat es auch nicht nötig, sich mit einem wie mir abzugeben. Die Sandra ist immer ausgebucht. So was spricht sich im Milieu herum. Und nur erstklassige Kundschaft. Sie hat ja längst eine eigene Wohnung. Ich war noch nie dort, aber was man so hört, muß es eine dolle Wohnung sein. Die Adresse ist erstklassig. Ich kenne das Haus, von außen.

Manche sagen, die Sandra hat einfach Glück gehabt. Das ist aber Quatsch, denn in diesem Beruf gibt es so was nicht. Das ist nur der Neid, weil die andern Mädchen nicht glauben wollen, daß die Sandra einfach besser ist, tausendmal besser. Zeigen Sie mir doch mal eine unter denen, die die Männer mag, die versteht, wie die ticken. Unter tausend vielleicht eine. Kein Wunder, werden Sie sagen, und wenn ich mir die Freier anschaue, dann muß ich sagen: Sie haben recht. Aber die Sandra ist ein Naturtalent, wirklich einzigartig.

Wenn Sie es unbedingt wissen wollen, na schön, ich werde versuchen, Ihnen zu erklären, was an ihr so einzigartig ist. Nein, mit der Figur hat das gar nichts zu tun, obwohl sie gut aussieht, und mit ihren Tricks auch nicht. Obwohl sie etwas kann, was ihr keine nachmacht. In meinem Beruf kriegt man so ziemlich alles mit, also ich zum Beispiel bin bestimmt kein Waisenknabe, aber als ich das erste Mal davon gehört habe, war ich platt. Es ist nämlich so, daß die Sandra keinen an sich ranläßt. Genau das, was Sie jetzt denken, habe ich auch gedacht. Das gibts doch gar nicht, das kann doch nicht sein, das ist ja Wahnsinn. Eine Hure, die keinen an sich ranläßt, habe ich gedacht, das kann mir doch keiner erzählen. Noch dazu bei dem Andrang!

Ich habe versucht, die andern Mädchen auszufragen, ich habe sogar meine Anita auf sie angesetzt, sie soll mal herausfinden, was da dahintersteckt, aber wissen Sie, die Sandra ist wie eine Auster, wenn sie nicht reden will, redet sie nicht, und damit basta. Und an ihre Freier, mein lieber Mann, an die ist erst recht nicht ranzukommen, das sind so Politiker oder irgendwelche Amis, ganz andere Klasse als die Leute, die bei uns das Geschäft bringen.

Aber mir ging die Geschichte einfach nicht aus dem Kopf, und vor zwei Monaten sah ich endlich eine Chance, der Sache auf den Grund zu gehen. Die Sandra hatte nämlich die Handwerker im Haus, und da habe ich zu meiner Anita gesagt: Sie kann ja solange unsere Wohnung haben, wenn es dringend ist. Sie hat ja auch ihre Stammkunden, die sie nicht einfach versetzen kann. Wir haben uns dann schnell geeinigt. Die Wohnung gefiel ihr nicht besonders, natürlich kein Vergleich zu ihrem Vier-Zimmer-Apartment, aber dann hat sie doch zugegriffen. Ich habe ihr gesagt, wir fahren die zwei Wochen lang nach Spanien.

Aber dann habe ich die Anita allein weggeschickt und bin geblieben. Ich bin sonst nicht neugierig, es ist sowieso immer dasselbe, was da gespielt wird, aber ich habe drei Tage lang im Wohnzimmer gewartet, bis sie kam. Dann bin ich in die Dunkelkammer gegangen. Ich fotografiere nämlich gern, das ist mein Hobby, nicht was Sie denken, sondern Landschaften, Dünen vor allem. Das hätten Sie wohl nicht gedacht? Ich entwickle meine Bilder selber, und vergrößern kann ich auch.

Die Dunkelkammer ist ein kleiner Raum neben dem Schlafzimmer. Ich habe damals eigens eine Wand einziehen lassen. Als ich Sandra hörte, sie fummelte ziemlich lange am Türschloß herum, weil sie den Schlüssel nicht kannte, bin ich in die Dunkelkammer gegangen. Das Loch war genau auf der Höhe meiner Augen, wenn ich mich auf den Faltstuhl setzte. Ich habe das alles hergerichtet, noch am ersten Abend, sobald ich Anita am Flugplatz abgeliefert hatte.

Der Mann war knapp fünfzig, schätze ich, wahrscheinlich ein Ausländer. Gesprochen haben sie nichts, also kann ich es nicht genau sagen, aber ich denke, es war ein Engländer. Ich sah sofort, daß er nicht zum ersten Mal da war, denn er kannte sich mit Sandra aus. Er faßte sie überhaupt nicht an. Er stand einfach da und sah zu, wie sie den Wandschirm vor das Bett stellte. Diesen Wandschirm, das habe ich vergessen zu sagen, hatte sie eigens mitgebracht. Er war so hoch, daß der Freier kaum etwas von ihr sehen konnte, wenn sie sich auf das Bett legte, das heißt, nicht direkt, denn natürlich hatten wir an der Wand hinter dem Bett den üblichen großen Spiegel.

Ich dachte, nun würde sie einen Striptease hinlegen, aber da hatte ich mich getäuscht. Sie war im Nu aus den Kleidern und legte sich auf das Bett, mit dem Kopf zum Fußende, wo der Wandschirm stand. Ich konnte sie gut sehen, weil die Nachttischlampen an waren. Sie sah wirklich sehr gut aus. Ich war jetzt doch gespannt, was sie dem Mann zu bieten hatte. Aber sie schien ihn gar nicht zu beachten. Sie rieb nur ihre Beine ein bißchen aneinander und fuhr sich mit den Fingerspitzen über die Haut. Dann öffnete sie langsam die Beine. Ihre Möse war tadellos, wie die einer Fünfzehnjährigen. Sie hob die Hüften ein wenig hoch, dem Spiegel entgegen. Der Engländer starrte in den Spiegel. Ich sah sein bleiches Gesicht, aber nur undeutlich, weil er im Schatten stand, aber ich begriff natürlich, daß er schon ganz jipprig war. Und dann sah ich, warum er gekommen war. Ich habe es mit eigenen Augen gesehen, im Licht der Nachttischlampen. Ihre Lippen öffneten sich langsam und richteten sich auf, ungefähr wie eine Tulpe, und ich schwöre Ihnen, daß sie ihre Hände nicht zu Hilfe genommen hat. Es war zum Verrücktwerden. Sie brauchte einfach keinen Mann dazu. Ihre Möse machte es ganz allein, sie ging auf und zu, in diesem aufreizenden Rhythmus, erst ganz langsam, dann etwas schneller, irgendwie gierig, das war ganz klar, ich glaube sogar, daß sie naß geworden ist. Ich sah natürlich nur auf diesen einen Punkt und kümmerte mich nicht mehr um den Engländer, ich war ja selber ganz fertig. Sie drehte sich jetzt ein wenig hin und her, nur ein wenig, und dann hörte ich, wie sie kam, es war so ein Glucksen oder Gurgeln, und ich brauche Ihnen wohl nicht zu sagen, wie mir zumute war, von dem Engländer ganz zu schweigen.

Als die beiden fort waren, ging ich ins Bad und nahm erst einmal eine kalte Dusche. Die nächsten Tage brachte ich größtenteils in der Wohnung zu. Ich dachte natürlich, sie würde wiederkommen. Aber sie ließ sich nicht mehr blicken. Ich vertrieb mir die Zeit, indem ich Radio hörte. Aber nach einer Woche war ich ziemlich am Ende.

Ich habe natürlich versucht, sie anzurufen, aber sie hatte den Auftragsdienst eingeschaltet. Ich bin auch zu ihrer Wohnung gefahren und habe ihr aufgelauert. Als sie eines Abends nach Hause kam, ich hatte den ganzen Nachmittag auf sie gewartet, fragte ich sie, ob ich mit ihr nach oben kommen könnte. Ich war aber so nervös, daß sie sofort merkte, was mit mir los war. Sie ist eben ein Naturtalent. Sag mir, was du von mir willst, oder laß mich in Ruhe, sagte sie. Ich war dumm genug, es ihr zu sagen. Woher weißt du das überhaupt, schrie sie. Du Idiot! Sie ließ mich einfach stehen.

Ich habe natürlich alles versucht. Ich habe ihr gedroht. Ich habe ihr sogar Geld angeboten. Wenn das meine Anita wüßte, wäre ich geliefert. So was spricht sich ja sofort herum. Aber sie hat mich nur ausgelacht. Dabei ist mir völlig klar, was mit Sandra los ist. Sie mag die Männer, das stimmt, sie weiß, wie sie ticken, aber sie liebt nur sich selbst. Das ist es ja, was mich so verrückt macht. Und ausgerechnet in so was muß ich mich verknallen.

Glück bei den Frauen

Ihnen habe ich auf den ersten Blick vertraut. Bei Ihnen fühle ich mich sicher. Bitte, wenn Sie ablegen wollen. Darf ich Ihnen etwas anbieten? Nein? Verzeihen Sie die Unordnung, aber ich bekomme kaum Besuch und gehe auch selten aus. Der Flügel ist mein einziger Luxus, ein Erbstück von meiner Mutter. Am liebsten spiele ich Chopin.

Aber um auf Ihre Frage zurückzukommen – ich weiß gar nicht, wo ich anfangen soll. An mir kann es jedenfalls nicht liegen. Soviel steht fest. Schauen Sie mich doch an. Ich bin dick und unansehnlich, ich habe eine Halbglatze, kurzsichtig bin ich obendrein. Geld ist auch keines vorhanden, und beruflich habe ich es nie weit gebracht. Sie sehen, ich mache mir nichts vor. Ich weiß nicht, was an einem Mann wie mir so verlockend sein sollte. Warum sind die Frauen hinter mir her? Das frage ich Sie. Was finden sie an mir? Bitte sprechen Sie ganz offen. Sie als Frau müssen das doch erklären können.

Mit Männern darüber zu reden hat ja keinen Sinn. Bei denen gelte ich als Weiberheld. Lieber Gott! Wie die sich mein Leben vorstellen! Die Phantasie geht mit ihnen durch. Deshalb werfen sie mir diese Blicke zu, halb wütend, halb verächtlich, aber vor allen Dingen neidisch. Wie macht er das nur? Das ist es, was sie beschäftigt. Manchmal frage ich mich das auch.

Tatsache ist, daß ich überhaupt nichts dafür kann. Ich habe einmal in einer Zeitschrift etwas über Schmetterlinge gelesen. Angeblich erkennen sie sich, über Hunderte von Kilometern hin, am Geruch. Es soll sich da um ein ganz besonderes Hormon handeln. Eine winzige Dosis davon genügt, um den Falter anzulocken. Ich war deswegen auch schon einmal beim Arzt, aber der hat mich zuerst nur sonderbar angesehen, und erst nach langem Zögern war er bereit, mich zu untersuchen. Am Ende stellte sich heraus, daß alles ganz normal war. Keine Auffälligkeiten, hat er gesagt. Wann es angefangen hat, kann ich beim besten Willen nicht sagen. Ich mag vielleicht drei, vier Jahre alt gewesen sein, ich erinnere mich nur dunkel daran, da hat Mama immer an mir herumgemacht. Obwohl ich nicht der einzige Sohn war, mein älterer Bruder sieht viel besser aus als ich, und ich habe ihn immer bewundert – aber nein, ich war es, an dem Mama einen Narren gefressen hatte. Nie konnte sie mich in Ruhe lassen. Ich will ihr wahrhaftig nichts Böses nachsagen, wahrscheinlich kommt so etwas öfters vor, aber ich bin mir ziemlich sicher, daß es damals angefangen hat.

Dann kam ich in den Kindergarten. Man sollte denken, daß die sogenannten Tanten mit einer Horde von kleinen Kindern genug zu tun hätten. Ich stelle mir das ziemlich anstrengend vor. Aber Sie hätten sehen sollen, was für ein Theater diese Kindergärtnerinnen mit mir anfingen! Ich glaube, sie haben einander sogar Eifersuchtsszenen gemacht wegen mir, einem dicken Knirps. Wenn ich heute daran denke, ist mir natürlich klar, daß sie sich weniger für meine Klecksereien oder für meine Sprüche interessiert haben, denn was meine Talente angeht oder meinen Charakter, ich war immer ein ziemlich mittelmäßiger Mensch, schon als Kind. Nein nein, die wollten was ganz Bestimmtes, und das gaben sie nicht so leicht wieder aus der Hand. Aber was daran so Besonderes sein soll, habe ich bis heute nicht verstanden.

Naja, ich habe das alles über mich ergehen lassen. Überhaupt bin ich eher faul. Und was die sogenannte Männlichkeit angeht, also Schwung, Energie, Tüchtigkeit, Ehrgeiz, Härte – da muß ich Sie enttäuschen. Ich verhalte mich eher so, wie man es den Frauen nachsagt, vielleicht zu Unrecht, das heißt, ich gebe nach, ich kapituliere. Als es so richtig losging – ich war damals auf der Universität –, habe ich mich, solange es ging, einfach dumm gestellt. Das war natürlich eine schwache Position, die gegen eine Frau, die weiß, was sie will, keine fünf Minuten lang zu verteidigen ist.

Ich erinnere mich, wie ich einer Sinologie-Studentin zu erklären versuchte, daß sie eine völlig falsche Vorstellung von mir hatte; ich sei im Grunde ein unbegabter Langweiler, sie verschwende nur ihre Zeit mit mir, und so weiter. Ich begriff zu spät, daß sich auf diese Weise niemand abschrecken läßt, eher im Gegenteil. Dann verfiel ich darauf, meine Kälte, mein Desinteresse zur Schau zu stellen. Ich wurde sogar unhöflich, und ich trieb die Mißachtung so weit, daß ich im Bett, gerade im entscheidenden

Moment, ungerührt vor mich hin summte. Aber ich habe feststellen müssen, entschuldigen Sie, wenn ich das sage, daß es Frauen gibt, die es scharf macht, wenn man sich rüpelhaft benimmt. Kurzum, es half alles nichts, und es hätte auch keinen Zweck, wenn ich Ihnen weitere Details erzählen würde. Es ist ja ohnehin immer dasselbe.

Nur damit Sie sich ein Bild machen können, wie sich so etwas abspielt: Gestern vormittag habe ich meine Wäsche weggebracht. Drüben an der Ecke gibt es einen Münzautomaten. Gleich am Eingang sitzt eine junge Frau, Kellnerin, wie sich herausstellte, ungeschminkt, großer Mund, nicht besonders hübsch, aber eigenartig violette Augen. Ich kam mit der Maschine nicht gleich zurecht – ich bin ein Idiot, was Automaten betrifft –, da nimmt sie mir einfach die Wäsche aus der Hand und steckt sie in die Trommel. Natürlich habe ich mich mit ihr unterhalten. Was blieb mir anderes übrig? Ich konnte ja nicht einfach weglaufen. Als die Wäsche trocken war, stellte sie fest, daß hie und da ein Knopf fehlte. Kurzum, sie hat es geschafft, mit hierher zu kommen, und schon ging es wieder los. Ich hatte schlechterdings nicht die Energie, die nötig gewesen wäre, um sie loszuwerden. Zuerst zupfte sie an meiner Krawatte herum. Übrigens ist das etwas, was ich auf den Tod nicht ausstehen kann, diese ewige Geste. Jedenfalls führte das dazu, daß sie mir das Hemd auszog, und dann lagen wir bereits auf dem Teppichboden. Sie hatte nicht die geringste Angst vor mir, ich möchte sagen, keinerlei Respekt, sie hat mich behandelt, als wäre ich ihr Eigentum, und als sie endlich ging, war von den Knöpfen natürlich keine Rede mehr. Das nur nebenbei. Ich wußte nicht einmal, wie sie heißt, und sie hat sich einfach auf mich draufgelegt, und dann flüsterte sie immer, ich will, daß du mich jeden Tag vögelst, jeden Tag. Ich höre schon gar nicht mehr hin, wenn jemand mir so etwas sagt.

Daß es geklappt hat – auch so ein Ausdruck, den ich verabscheue –, das stimmt zwar. Ich kann immer, aber ich bin es schon lange leid. Warum sucht sie sich nicht einen andern? In meiner Firma zum Beispiel, oder alle diese Männer, die allein ins Kino gehen, hungrige Gesichter, wohin man blickt. Aber nein! Sie will, daß ich immer in ihr drin bleibe. Sie können sich gar nicht vorstellen, was diese Frauen alles sagen! Wenn ich solche Sätze höre, gerate ich in Panik. Aber dann denke ich, lieber nicht widersprechen, in einer halben Stunde ist alles vorbei, und ich lasse sie machen, was ihnen einfällt. Die sonderbarsten Sachen! Man kann das gar nicht erzählen.

Ich habe alles mögliche versucht, um ein wenig zur Ruhe zu kommen. Einmal bin ich Hals über Kopf verreist. Ich habe ein paar Hemden und Toilettensachen in meine Tasche geworfen und habe ein Taxi zum Bahnhof genommen. Ich wußte nicht einmal, wo ich hin wollte. Ich sah mir einfach die Abfahrtstafel an und stieg in den nächsten Zug. Er fuhr nach Florenz. Das Wetter war herrlich, aber genützt hat es nichts. Die Touristinnen sind noch schlimmer als alles, was einem hier passieren kann.

Ich habe es mir abgewöhnt, im Urlaub zu verreisen. Ich bleibe lieber zu Hause. Ans Telefon gehe ich auch nicht mehr, denn in letzter Zeit läutet es fast jeden Abend bei mir, eine Frauenstimme, sie sagt nicht, wer sie ist, murmelt nur meinen Namen, und dann höre ich ihren Atem.

Sie müssen entschuldigen, daß ich Sie mit diesen Geschichten langweile. Aber mit wem soll ich darüber reden? Wenn ich mich bei meinen Kollegen beklage, lachen sie mich aus, oder sie glauben, ich wäre eingebildet. Niemand will einsehen, daß ich in einer furchtbaren Klemme bin. Ich bin schließlich nicht mehr der Jüngste, ich werde dieser Tage fünfundvierzig. Das ist ihnen aber ganz gleichgültig, den jungen ebenso wie den alten. Es ist, als wäre ich für alle da, als müßte ich in jedem Fall den Kopf hinhalten – allerdings, um den Kopf geht es dabei wirklich zuallerletzt.

Wenn meine Kollegen wüßten, wie zerschlagen ich mich manchmal fühle, wie kreuzunglücklich, würden sie mich bestimmt nicht beneiden. Ich komme mir oft wie ein Märtyrer vor, obwohl man das gar nicht laut sagen darf. Nicht einmal mit meinem einzigen Freund Harry kann ich darüber reden. Ich habe es einmal versucht. Das ist schon lange her. Aber ich werde nie wieder darauf zurückkommen, denn er ist außerstande, meine Lage zu verstehen. Er kam gerade, als eine Amerikanerin, die mir ziemlich zugesetzt hatte, dabei war, sich ihren Pullover überzustreifen. Als sie gegangen war, sagte ich: Mir reichts. Ich setzte mich an den Flügel, um eine Nocturne zu spielen, und wissen Sie, was er da sagte? Er hat es bestimmt nicht böse gemeint, aber dieser blöde Satz hat mir gerade noch gefehlt: Man müßte Klavier spielen können ... Was machen Sie denn da? Lassen Sie mich los! Sie haben mir doch versprochen ... Sie irren sich! Was ich Ihnen erzählt habe, war alles bloß erfunden. Ich schwöre es! Nein ... bitte nicht ... bitte nicht!

Der Fehler

Was habe ich nur falsch gemacht mit dem Jungen? Das frage ich mich die ganze Zeit. Es hat ihm ja an nichts gefehlt. Ich habe immer gut für ihn gesorgt. Und trotzdem denke ich oft, daß es an mir liegen muß. Er ist doch so begabt, er sieht gut aus, er ist gesund. Warum hat er es zu nichts gebracht? Vielleicht habe ich ihn zu sehr verwöhnt. Es ist ja kein Wunder, daß ich sehr an ihm hing, schon als er klein war. Er ist ja mein Einziger. Als sein Vater starb, kam er gerade in die Schule. Er hat sich schwergetan mit dem Lernen, und noch als er zwölf war, hatte ich meine liebe Not mit ihm. Er war immer so unruhig, konnte nicht einschlafen, er träumte schwer, dann wachte er mitten in der Nacht auf und rief nach mir. Da habe ich ihm eben manchmal erlaubt, daß er zu mir herüberkam. Heute mache ich mir Vorwürfe deswegen, besonders seit Ostern. Ja, seitdem denke ich, daß ich damals vielleicht zu weit gegangen bin. Aber ich habe immer gut aufgepaßt, ich bin sicher, daß er nicht aufgewacht ist. Er schlief doch so fest, wie soll er denn etwas gemerkt haben? Er hat auch nie etwas gesagt, nur ab und zu hat er ein wenig im Schlaf gemurmelt. Es hörte sich an wie ein kleines Miauen. Er sah ja so rührend aus. Ich darf gar nicht daran denken. Aber vielleicht hat es ihm doch geschadet. Er hatte ja immer diese Schwierigkeiten, erst in der Schule und dann mit dem Beruf, wenn man das überhaupt einen Beruf nennen kann, was er treibt. Nicht daß er darauf angewiesen wäre, Geld zu verdienen. Er ist ja versorgt. Es geht uns gut. Wir können uns wirklich nicht beklagen. Nur daß er eben so verschlossen ist. Er redet ja kaum mit mir. Ich habe mich daran gewöhnt, daß mein Sohn ein Sonderling ist.

Mit den Frauen hat er auch nichts im Sinn. Schon in der Schule ist er den Mädchen aus dem Weg gegangen. Damals brachte er immer einen Freund nach Hause, er hieß Erwin, und eine Zeitlang hatte ich schon Angst, da könnte was anderes dahinterstecken. Fragen konnte ich ihn ja nicht, denn wenn die Rede auf so etwas kam, hat er immer nur eigensinnig vor sich hin geschaut und nichts mehr gesagt. Aber ich habe bald gemerkt, daß sie nur über Autos geredet haben. Ich hatte ihm ein Kabriolett geschenkt, zum Abitur, und sie verbrachten ganze Nachmittage in der Garage damit, den Wagen auseinanderzunehmen und wieder zusammenzuschrauben. Erwin ist dann weggezogen. Seitdem hat er keine Freunde mehr, und das Interesse an Autos hat er schon lange verloren. Er malt. Er hat sich die Garage ausgebaut. Das muß man ihm lassen, wenn er sich etwas in den Kopf gesetzt hat, dann ist er gründlich. Er hat sogar selber ein neues Dach gebaut, mit einem großen schrägen Fenster nach Norden zu, damit er genug Licht hat. Auf die Sache mit der Malerei ist er durch einen Zufall gekommen. Er fand ein paar alte Farbtuben, und eines Tages hat er einfach ein scheußliches Ölbild übermalt, das im Zimmer meines Mannes hing; er hatte es von einem Geschäftsfreund geschenkt bekommen. Nach und nach hat sich mein Sohn dann alles besorgt, was ein Maler braucht. Ganz besonders hatten es ihm die Pinsel angetan. Er schaffte sich eine Riesenauswahl an, und sie mußten immer peinlich sauber sein und durften nicht haaren. Einmal hat er mir die Unterschiede erklärt, nicht nur zwischen spitzen und stumpfen, breiten und schmalen Pinseln in allen Größen, sondern auch die verschiedenen Qualitäten in Iltis, Rotmarder, Dachs und Feh. Schon daran konnte man sehen, wie ernst es ihm war, und wenn ich auch nicht mehr weiß, woran man das alles unterscheiden kann, Schlepper, Ritzer, Strichzieher, englische Brights, Chiqueteurs, Stupp- und Fresko-Pinsel, so war ich doch froh, daß er sich die Mühe gemacht hat, mir seine Schätze zu zeigen.

Ja, seitdem malt er. Er tut kaum mehr was anderes. Es sind große Bilder. Ich kann nicht beurteilen, ob sie gut sind, aber mir sind sie unheimlich. Es sind Nachtfalter darauf. Er nennt sie so, er gibt seinen Bildern keine Titel. Er sagt ja überhaupt nur das Nötigste, und wenn ich ihn danach frage, zuckt er nur die Achseln. Aber ich sehe immer nur Motten, große helle Motten. Der Leib der Motte ist immer etwas dunkler, manchmal spielt er ins Rot oder ins Lila oder ins Braune, aber die Flügel sind stets rosa, in allen möglichen Tönen.

Ich störe ihn nicht beim Malen, ich werde mich hüten. Ich bin ja froh, daß er eine Beschäftigung gefunden hat, und was sein Motiv betrifft, es ist ja immer das gleiche – ich habe mir sagen lassen, daß das bei vielen Künstlern so ist, daß sie ihr Leben lang von einer bestimmten Idee besessen sind. Nur seit dem, was am Ostermontag passiert ist, frage ich mich, ob ich nicht doch einen Fehler gemacht habe, damals, als er klein war.

Es war schon fast dunkel, der Tag war ziemlich trüb gewesen, und ich wollte nur noch einmal nach den Blumen im Garten sehen, die Krokus waren noch nicht verblüht, da hörte ich aus der Garage ein merkwürdiges Geräusch, eine Art Quieken, wie von einem Tier. Ich konnte mir das gar nicht erklären. Aber natürlich wollte ich den Jungen nicht stören, und so bin ich hinter das Haus gegangen. Das Haus und die Garage sind nämlich in den Hang hineingebaut, und wenn man da hinaufsteigt, wo die Obstbäume stehen, kann man durch das schräge Atelierfenster in die Garage hineinsehen. Ich bin also die Stufen hinaufgestiegen, und was ich da sah, das ist es eben, was mir die ganze Zeit im Kopf herum geht. Er war nicht allein. Er hatte eine Frau mitgebracht. Sie war ziemlich jung, vielleicht fünfundzwanzig, eher mollig. Sie sah ganz gewöhnlich aus, hatte nichts Extravagantes oder Verrücktes an sich, nur ihre Haare waren auffallend lang und ganz schwarz. Ich hatte die Person noch nie gesehen. Aber das war nicht alles. Er hatte sie nämlich auf die Bank gelegt, die er sich hergerichtet hat für seine Arbeit, eine Art Werkbank auf zwei hohen Böcken. Er stand vor ihr in der alten Monteurskluft, die er immer zum Malen trägt und die über und über mit rosa Farbe verklekkert ist. Die Frau lag vor ihm auf dem Rücken, etwa auf der Höhe seiner Brust. Sie hatte sich ein Kissen unter den Kopf gelegt, und ihr langes schwarzes Haar fiel hinter der Bank herunter. Sie hatte nichts an. Ihre Kleider lagen auf dem Fußboden verstreut. Die Knie hatte sie angezogen, so daß ich ihre Fußsohlen sehen konnte und zwischen ihren weit geöffneten Beinen das schwarze Haar.

Ich weiß nicht, wie lange ich auf dieses Bild gestarrt habe, bis ich begriff, was es war, was ich vor mir hatte. Das ist wie ein kleiner elektrischer Schlag, oder wie wenn man ein Vexierbild betrachtet, und auf einmal sieht man die Lösung. Die Frau auf der Bank sah wie eine riesige Motte aus. Die schimmernde Unterseite ihrer Schenkel, ihre nackten Knie und ihre Sohlen waren die Flügel, und der längliche, violette Fleck in der Mitte mit seinem dunklen Flaum, der zu pulsieren schien, obwohl sie ganz still da lag, war der Leib des Nachtfalters.

Was aber das schlimmste war: er malte sie nicht. Jedenfalls kann man das, was er machte, nicht malen nennen. Er hielt einen großen, spitzen Pinsel in der Hand, und ich sah, wie er ihn in den Mund nahm und naß machte, und dann strich er damit über diese Frau, genau in der Mitte, immer wieder, vorne, hinten, auf und ab, bis ich den nassen Pinsel in ihr verschwinden sah. Vielleicht war es doch eine Art von Malerei, was er da trieb, wenigstens für ihn; denn ich sah sein gesammeltes Gesicht, seinen leicht geöffneten Mund, die Sorgfalt, mit der er immer wieder den Pinsel anfeuchtete, und ich bildete mir ein, daß er sogar ein wenig keuchte, soviel Mühe gab er sich, aber ich konnte ihn nicht hören, ich hörte nur die hohe Stimme der Frau, die eine Art von Klagelaut von sich gab, ein langgezogenes Jaulen, das mir durch Mark und Bein ging. Ich hätte sie erwürgen können, denn sie wollte gar nicht damit aufhören. Aber zugleich konnte ich mich nicht von der Stelle rühren. Ich stand einfach da, an den alten Apfelbaum gepreßt, ich spürte die rauhe Rinde im Rücken, und dicke Tropfen liefen mir übers Gesicht – es hatte nämlich angefangen zu regnen, ohne daß ich hätte sagen können, wann. In dieser starren Wut war aber noch etwas anderes, als hätte mir eine Stimme ins Ohr gesagt: Da hast du es, oder: Endlich, eine Art von Erleichterung oder sogar Freude. Ich wollte, daß es weiterging, was immer es war, das er trieb. Und dieser Wunsch, wenn es ein Wunsch ist und kein Alptraum, ist in Erfüllung gegangen, jetzt, wo er vierzig ist, mein Sohn, jetzt, wo ich weiß, was er malt. Jetzt bin ich immer da, jeden Montag, denn sie kommt immer montags, ich weiß nicht, warum. Kann sein, daß ich etwas falsch gemacht habe, damals, aber jetzt ist es zu spät, ich stehe hier, mit dem Rücken zu meinem Apfelbaum, und schaue zu.

Ein Traumdiebstahl

Männergespräche kann ich nicht ausstehen. Wenn meine Kollegen damit anfangen, nach dem Skifahren oder in irgendeiner Bar, ihre Weibergeschichten auszubreiten, stehe ich auf und gehe nach Hause. Meistens sind es ohnehin nur Aufschneidereien, und der Ton, in dem sie ihre kleinen Abenteuer vorbringen, ödet mich an. Im übrigen wüßte ich nicht, was ich zu diesem Thema beitragen sollte. Ich bin monogam. Das soll es geben. Die Leute bilden sich immer ein, wer, wie ich, viel unterwegs ist, noch dazu in Asien – ich bin Tiefbauingenieur und arbeite als Consultant –, der müßte auch die üblichen Geschichten zu erzählen haben. Natürlich kommt es vor, daß mir die Konsortialpartner, das heißt die lokale Vertretung, Mädchen ins Hotel schicken, aber ich halte nichts von solchen Aufmerksamkeiten, auch wenn das in der Branche so üblich ist.

Das hat natürlich vor allem mit Maud zu tun. Mit einer Frau wie Maud – wenn Sie meiner Frau begegnet wären, würden Sie das sofort begreifen – kann sich in meinen Augen keine andere vergleichen, und schon gar nicht diese armen Flittchen, mit denen sich die Kollegen abgeben. Genausowenig, wie es für Maud in Betracht käme, an das zu denken, was meine Mitarbeiter »eine kleine Abwechslung« nennen.

Wir träumen oft voneinander, manchmal sogar gleichzeitig. Wenn es die Zeitdifferenz erlaubt, rufe ich sie dann am Morgen an, und wir sprechen darüber. Manchmal sind es ganz abenteuerliche Sachen, aber ich will Sie nicht mit unseren Träumen langweilen. Allerdings, als ich das letzte Mal in Manila war, habe ich nicht gewagt, sie anzurufen. Ich hatte den Hörer schon in der Hand, aber ich habe es bleiben lassen, obwohl ich überzeugt bin, daß sie mir geglaubt hätte. Das war vielleicht ein Fehler; denn jetzt, nach drei Wochen, kann ich ihr die Geschichte erst recht nicht mehr erzählen.

Ich habe meine Routinen, wenn ich unterwegs bin. Anders geht das gar nicht. In meinem Beruf kann man sich keine Müdigkeit leisten. Deshalb fliege ich immer einen Tag früher zu den Verhandlungen, ohne Anmeldung. Ich lasse mich auch nicht abholen. Ich fahre vom Flughafen aus direkt ins Hotel und lege mich ohne Abendessen hin. Meistens nehme ich sogar eine Schlaftablette. Der Lufthansa-Flug kommt gegen fünf Uhr nachmittags in Manila an, Zeitunterschied acht Stunden. Man muß den eigenen Körper überlisten, sonst holt einen am andern Tag der *jet lag* ein. Ich steige immer im selben Hotel ab. Diesmal war allerdings die Klimaanlage ausgefallen. Das war noch nie vorgekommen. Aber in Manila muß man auf Schlimmeres gefaßt sein. Mein Zimmer war unerträglich feucht. Trotzdem bin ich sofort eingeschlafen. Wie der Traum anfing, weiß ich nicht mehr genau. Jedenfalls war ich mit Maud an einem See voller Flamingos. Wir lagen auf einer weichen Grasmatte im Freien, und um uns herum tanzten diese Leute, die Masken trugen. Ich glaube, daß es Indios waren, jedenfalls erinnere ich mich an ihre bemalten Körper. Ich habe sogar ihre Augen hinter den Masken gesehen. Obwohl sie keine Instrumente hatten, hörte ich Musik, es waren Trommeln und Flöten. Ich nahm das alles ganz deutlich wahr, obwohl ich eingeschlafen war. Im Traum ist das ja nicht ausgeschlossen. Man kann träumen, daß man schläft, und trotzdem hört man und sieht man alles, was um einen herum vorgeht.

Was dann kam, sollte ich eigentlich für mich behalten, weil es zu privat ist. Aber wenn ich es verschweige, verliert die ganze Geschichte ihren Sinn. Also gut. Wenn ich eingeschlafen bin, oder frühmorgens vor dem Aufwachen, nimmt mich Maud manchmal in den Mund. Das Gefühl, daß ich, während sie still hält, langsam größer werde, bereitet ihr ein Vergnügen, von dem ich nur die andere Seite kenne. Und eben das geschah in diesem Traum, während die Indianer, wenn es Indianer waren, um uns herum tanzten, bis die Musik immer schneller und schriller wurde, bis sie einen Höhepunkt erreichte und abbrach. Dann war es auf einmal still, die Indios waren verschwunden. Dieses Schweigen war irgendwie unheimlich, und obwohl Maud bei mir war, fror ich plötzlich. Davon muß ich aufgewacht sein, von dieser Beklemmung. Zuerst wußte ich überhaupt nicht, wo ich war. Ich war desorientiert, vielleicht wegen des Nembutal, das ich vor dem Einschlafen genommen hatte. Aber dann erkannte ich die Umrisse des Zimmers. Nur, daß in meinem Bett etwas atmete, ein Körper, der halb auf mir lag, und ich spürte zwei Hände, die meine Beine umklammert hielten. Ich war zu Tode erschrokken.

Don't worry, sagte eine Stimme im Dunkeln, die ich nicht kannte. Ich sah zuerst nur die schwarzen Locken auf meinem Bauch. Dann hob er den Kopf und sah mich an. Es war ein Mann, besser gesagt ein Mulattenjunge, denn er war höchstens sechzehn Jahre alt. Ich stieß ihn mit den Beinen weg und suchte instinktiv nach einer Waffe. Aber als ich den schweren, gläsernen Aschenbecher in der Hand hielt, war er schon aufgesprungen.

Er stand im Halbdunkel vor dem Bett und schüttelte den Kopf. Sein Gesicht konnte ich nur undeutlich sehen. Er raffte seine Kleider zusammen und streifte sich blitzartig Hemd und Hose über. Es dauerte keine fünf Sekunden, da war er schon verschwunden. Ich hörte die Zimmertür hinter ihm ins Schloß fallen. Ich war so verblüfft, daß ich nicht wußte, was ich tun sollte, aber meine Panik war verschwunden. Ich war müde. Aber es war nicht die Abgeschlagenheit nach einem langen Flug, es war eine angenehme Müdigkeit. Ich fühlte mich wie nach einer Nacht mit Maud, wunschlos leer. Ich muß gleich wieder eingeschlafen sein. Als das Telefon läutete – ich hatte den Portier angewiesen, mich um sieben Uhr zu wecken –, kam mir das Ganze völlig unwahrscheinlich vor. Ich war sicher, daß ich die Szene mit dem Mulatten in meinem Bett geträumt haben mußte. Oder sagen wir lieber: ich wollte sie nicht wahrhaben. Hätte ich gewußt, daß es nur ein Traum war, dann wäre ich nicht aufgestanden, noch bevor das Frühstück da war. Ich hätte nicht fieberhaft das ganze Zimmer durchsucht.

Als erstes stellte ich fest, daß meine Piaget-Uhr verschwunden war, ein Geschenk von Maud. Ich hatte sie, wie immer, auf den Nachttisch gelegt. Im Badezimmer fehlte nur die kleine Flasche mit dem Toilettenwasser und, kurioserweise, mein Nagel-Necessaire. Dann fiel mir meine Reisetasche ein. Ich riß den Reißverschluß auf, aber es war alles noch da: die Kreditkarten, meine Arbeitsunterlagen, sogar die Dollarnoten. Nur der Paß fehlte. Er lag auf dem Schreibtisch. Ich nahm ihn in die Hand und blätterte darin. Sie werden es nicht glauben, aber das Paßbild war herausgetrennt.

Natürlich habe ich den Jungen überall gesucht. Ich war überzeugt davon, daß er zum Personal des Hotels gehörte. Wie hätte er sonst, ohne einen Hauptschlüssel, mitten in der Nacht in mein Zimmer kommen können? Ich sah mir den Bell-Boy in der Halle an, die Gepäckträger, ich warf sogar einen Blick in die Küche, alles umsonst. Den Hoteldetektiv habe ich selbstverständlich aus dem Spiel gelassen.

Ich dachte auch an die Uhr. An und für sich hänge ich nicht besonders an meinen Sachen. Aber sie war schließlich ein Geschenk von Maud. Ich mußte mir eine andere besorgen, und zwar dasselbe Modell. Keine Kleinigkeit in Manila. Vielleicht in Hongkong, dachte ich, auf dem Rückflug, oder notfalls in

Zürich. Ich hätte sie nicht einmal zurückverlangt, wenn ich den Dieb gefunden hätte, obwohl sie mindestens dreitausend Dollar wert war. Ich hätte nur gern gewußt, was er mit meinem Paßbild angefangen hat.

Der Finger

Heimliche Geschichten wollen Sie von mir hören? Mir passiert so etwas nicht. Ich verliebe mich selten, und wenn, dann geht es dabei kaum so zu, wie Sie glauben. Nach dem Abitur bin ich einmal in Gorizia gewesen. Kennen Sie Gorizia? Eine kleine Stadt in Friaul, nichts Besonderes. Ich weiß noch, wie wir auf dem Bahnsteig standen, der Zug hatte Verspätung. Gegenüber, auf dem Abstellgleis, wurden ein paar Güterwagen rangiert, und auf denen stand in großen Buchstaben: NORMALE CON PICCOLA VELOCITA. Das ist eigentlich alles, was ich zu diesem Thema sagen kann. Obwohl – ich kann die Frauen, von denen Sie erzählen, durchaus verstehen. Manchmal, im Sommer besonders, geht es mir genauso. Es dauert immer nur ein paar Minuten lang, oft unter den unmöglichsten Umständen. Ja, wie soll ich Ihnen das erklären? Ich bin dann ganz anders. Besinnungslos. Mir ist das selber unbegreiflich.

Zum Beispiel diese Geschichte im Bus, damals vor ein paar Jahren. Ich war für zwei Wochen nach Madeira geflogen. Die Insel ist weiß Gott kein sonderlich aufregender Aufenthalt, meist ältere Leute, auch ich war nur hingereist, um meine Ruhe zu haben. Aber dann ... Ich hatte einen Tagesausflug in die Berge gemacht, ganz allein, und gegen Abend nahm ich diesen klapprigen Bus zurück in die Stadt. Keine Touristen, nur ein paar alte Frauen und Bauern, die ins nächste Dorf wollten. Ich sah zum Fenster hinaus. Der Bus schlingerte in den Kurven und hielt an jeder zweiten Ecke.

Plötzlich merkte ich, daß sich jemand neben mich gesetzt hatte, ein gutgekleideter, vielleicht vierzigjähriger Herr. Er trug eine Brille und wirkte eher fehl am Platz mit seiner altmodischen Krawatte, rundlich, bürgerlich, auf den ersten Blick ein Langweiler. Vielleicht ein Schullehrer, dachte ich, und sah wieder hinaus auf die Hügel. Eigentlich hatte ich ihn schon wieder vergessen.

Als der Bus wieder eine der zahllosen Haarnadelkurven einschlug, geschah es. Ich spürte plötzlich seine Hand. Sie lag zwischen uns auf dem Leder und berührte ganz schwach meine Taille. Wir sahen einander nicht an. Keiner von uns sagte etwas. Ich hätte natürlich wegrücken sollen, den Platz wechseln, oder meinetwegen dem Kerl auf die Finger klopfen. Aber dazu war es schon zu spät.

Die Hand war bereits weiter nach unten geglitten, an meinem Rücken entlang, immer tiefer. Sie war weich, aber nicht schlaff. Im Gegenteil, sie war elektrisch, voller Energie, wie sie sich da zwischen der Lehne und meinem leichten Sommerkleid voranschob und vorsichtig, tastend, an meinem Kreuz entlangkroch. Sie wußte genau, was in mir vorging. Der Mann neben mir mochte harmlos wirken, aber er war ein Telepath. Er konnte meine Gedanken lesen – wenn man das überhaupt Gedanken nennen kann, was mir durch den Kopf und unter die Haut ging. Ich war nämlich, ohne es zu merken, in einen jener Zustände geraten, die ich besinnungslos nenne. Ich kann Ihnen das beim besten Willen nicht erklären; denn im allgemeinen bin ich eine Frau, die sich ganz und gar in der Hand hat. Aber davon konnte keine Rede mehr sein. Im Gegenteil, ich war zur Komplizin dieser fremden, unnachgiebigen Hand geworden, die jetzt unter mir lag und sich dort langsam, sehr langsam, viel zu langsam bewegte, in dem kleinen Hohlraum, den sie gefunden hatte. Sie rieb sich an mir. Ich kann es nicht anders sagen: sie wühlte mich auf. Sie tat das ganz gewaltlos und mit einer Expertise, als hätte sie mich jahrelang studiert.

Ich merkte zu meinem Entsetzen, daß ich selber angefangen hatte, mich zu bewegen. Es war eine wiegende, schaukelnde Bewegung. Ich schob sie auf das Schaukeln und Rütteln des Fahrzeugs, aber ich wußte, daß das eine Ausrede war, die mir gefiel. Sobald der Bus in eine neue Kurve ging, ließ ich mich jedesmal ein wenig zur Seite schleudern, aber die Benommenheit, die mich überkommen hatte, hinderte mich nicht daran, zu fühlen, daß die Hand sich ein neues Ziel gesetzt hatte: sie zupfte an dem dünnen blauen Stoff meines Kleides, das sich immer mehr in meinem Rücken zusammenbauschte. Es dauerte nur ein paar Minuten, bis sie ihr Ziel erreicht hatte. Sie werden es nicht für möglich halten, aber es ist mir egal, was Sie davon halten – es war mitten im Sommer, ich war den ganzen Tag gewandert, kurzum, unter dem Kleid hatte ich nichts an.

Von nun an war mir alles gleich. Draußen dämmerte es bereits. Der Bus war halb leer. Ich fühlte mich unbeobachtet, allein mit meinem Pulsschlag, den ich am Hals spürte, aber nicht nur am Hals, und mit der Hand, auf der ich saß. Sie kannte sich aus mit mir. Aber auch ich wußte über sie Bescheid, ich kannte ihren feuchten Teller, ihre Finger, jeden einzelnen Nagel, und ich wußte, was mir bevorstand. Sie würde finden, was sie suchte, meine kleinste Stelle, sie würde sie berühren, zaghaft, sie würde sich zurückziehen, wiederkehren, verharren, und ich, statt mich ihr zu verschließen, würde mich dehnen, ihr entgegenkommen. Ich war schon so weit, daß es mir schwerfiel, zwischen ihr und mir zu unterscheiden, so, als gehörte dieser dringende Daumen mir, als sei ich es, der sich zwischen die weichen Hälften einer Unbekannten dränge. Ich dehnte mich, ich spürte jeden Muskel einzeln, ich warf den Kopf in den Nacken. Die Hand, nicht zufrieden mit der Enge, die sie erreicht hatte, in der sie sich breitmachte, vielfingrig, wie sie war, bauschte sich unter mir, versank in immer tieferen Falten, und ich fühlte, wie sie jedes Haar, jedes Hindernis, jede Vertiefung fühlte, jedes kleine Zucken, wie sie mich ergriff und massierte, wie sie in mich hineinglitt, meine Wünsche erriet, jede meiner Bewegungen vorwegnahm, immer zu wissen schien, nach welcher lasziven Drehung, nach welchem schamlosen Druck es mich verlangte, was nötig war, um mich zur Raserei zu bringen – und immer blieb sie, um den Bruchteil einer Sekunde, hinter meiner Gier zurück, so daß ich versucht war, zu jammern, zu schreien. Tiefer, Schneller, Noch nicht, Jetzt, Jetzt! Ich preßte meine

Schenkel, meine Hälften zusammen, ich konnte nicht mehr, ich rief, ich biß mir in die Hand, ich zog mich zusammen, ich wand mich, ich dehnte mich aus, ich floß über.

Was dann passiert ist, weiß ich nicht mehr. Ich muß auf meinen Sitz zurückgesunken sein. Vielleicht hat es einen Atemzug lang, vielleicht hat es ein paar Minuten gedauert, bis ich die Augen öffnete. Vor mir sah ich das Gesicht eines kleinen Mädchens mit langen schwarzen Zöpfen, das mich aufmerksam, mit einem halben Lächeln ansah. Die Kleine hatte sich über die Rückenlehne vor mir gebeugt. Sie blickte ernst und konzentriert auf meinen Rock, der sich weit über die Knie nach oben geschoben hatte. Sie muß die fremde Hand auf meinem Haar gesehen haben, dachte ich. Ich fühlte mich schwerelos, es machte mir nicht das geringste aus, daß dieses braungesichtige Bauernkind zum Zeugen meiner Preisgabe geworden war. Ich glaube sogar, daß ich auf ihre kleine helle Zunge starrte, mit der sie sich die Lippen leckte.

Dann erst fiel mir mein Nachbar wieder ein. Ich sah ihn, ohne den Kopf zu wenden, aus den Augenwinkeln an. Eine ganz normale, etwas gewöhnliche Erscheinung. Ich fand ihn fast ein wenig rührend, diesen müden Portugiesisch-Lehrer aus dem Dorf, wie er sich da sorgfältig seine Krawatte zurechtrückte. Er erhob sich und rief dem Chauffeur etwas zu. Seine ruhige, leise Stimme hatte einen klagenden Unterton. Der Bus hielt an einer Weggabel. Mein Nachbar wendete sich mir zu, ergriff meine Hand, küßte sie, ging zur Tür und verschwand. Ich sah ihn draußen in der Dunkelheit warten. Unsere Blicke trafen sich zum ersten Mal. Er hielt die rechte Hand vor den Mund, mit ausgestreckten Fingern, und vielleicht war es mein Geruch, was seinen Augen diesen eigenartigen, ich möchte sagen: geistesabwesenden Ausdruck gab.

Das ist alles, meine Liebe. Eine Geschichte, wie sie jede andere ebensogut oder besser erzählen könnte. Ich sagte Ihnen ja: Zu diesem Thema fällt mir nichts ein.

Blindekuh

Taxifahrer haben keine Geheimnisse. Ich war noch keine Woche gefahren, da wußten die Kollegen von der Nachtschicht schon, was es über mich zu wissen gab. Ah, der Herr Doktor, sagten sie, halb mitleidig, halb ironisch. Woher wußten sie, daß ich, nach einem halbherzigen Auswanderungsversuch, alle Kliniken der Stadt abgegrast hatte, ohne einen Job zu finden, daß meine Freundin mit einem Steuerberater nach Berlin gegangen war, und daß ich in jeder Hinsicht auf dem Trockenen saß? So etwas spricht sich eben herum.

Nur über Lissa wußte keiner etwas, obwohl sie schon über ein Jahr lang fuhr. Ich hatte versucht, die alten Platzhirsche über sie auszufragen; ich konnte nicht klug aus ihr werden. Lissa war ein gewissenhaftes Mädchen, immer sehr höflich. Ich will nicht behaupten, daß sie eine Schönheit war. Es war ihre Haltung, die mir gefiel. Sehr aufrecht – sie war ziemlich hochgewachsen – und beinahe hochmütig. Noch dazu trug sie immer diese hochgeschlossene Kombination aus weichem braunem Leder. Es war eigentlich eher ein Pilotendreß. Ich glaube mich zu erinnern, daß früher die Telegrammboten so etwas anhatten. Das muß ich als Kind gesehen haben. Aber natürlich trug Lissa keine Schutzbrille. Sie fuhr ja kein Motorrad, sondern, wie die meisten von uns, einen kleinen Mercedes. Verliebt war ich nicht in sie, aber sie hat mich beschäftigt. Ich habe sogar von ihr geträumt. Gesprochen habe ich selten mit ihr, immer nur ein paar Worte, wenn wir uns am Standplatz trafen. Im Sprechfunk brauchte sie sich nur mit ihrer Nummer zu melden – schon beim ersten Ton erkannte ich ihre Stimme. Es wäre mir nicht eingefallen, sie anzusprechen. Die Kollegen von der Nachtschicht haben es immer wieder versucht, aber sie ließ sich nie einladen. Sie warf nur die Haare in den Nacken und lachte. Nach und nach gaben es selbst die Hartgesottenen auf. Lissa hielt uns alle auf Distanz.

Um so überraschter war ich, als sie mir eines Abends zuwinkte. Es war kurz vor zehn. Ich hatte eine Kleinigkeit gegessen und war unterwegs zu meinem Wagen, den ich in einer Seitenstraße hinter dem Standplatz abgestellt hatte. Fast hätte ich sie nicht bemerkt. Aber sie lehnte sich zur Straßenseite herüber und kurbelte das Seitenfenster auf. Dann fragte sie mich, ob ich Zeit hätte, zwei oder drei Stunden. Darauf war ich so wenig gefaßt, daß ich, ohne zu überlegen, ja sagte. Sie öffnete die Tür, und ich stieg ein. Sie fuhr los, ohne ein Wort der Erklärung. Ich habe sie auch nicht gefragt.

Wir fuhren stadtauswärts, Richtung Autobahn. Als wir den ersten Parkplatz erreicht hatten, bog sie ab und hielt an. Ich war gespannt, was sie vorhatte, aber ich hatte mich entschlossen, keine Fragen zu stellen. Sie zog ein schwarzes Tuch aus der Tasche und hielt es vor mir in die Höhe. Du kannst immer noch aussteigen, sagte sie. Das heißt, ich bringe dich zurück, wenn dir das lieber ist. Aber wenn du mitfährst, muß ich dir die Augen verbinden. Es geht nicht anders.

Ich nickte nur. Am Hinterkopf spürte ich, wie sie mit ihren langen Fingern das Tuch festknüpfte. Zuerst versuchte ich zu erraten, wohin wir fuhren. An einer scharfen Rechtskurve merkte ich, daß wir die Autobahn verließen. Dann verlor ich die Orientierung. Während Lissa einen Laster überholte, versuchte ich, vorsichtig die Binde zu lockern, aber sie war auf der Hut und sagte scharf: Laß das. Nach einer guten halben Stunde kamen wir auf einen Kiesweg. Ich hörte einen Hund bellen. Sie hielt vor einem großen Haus. Später ist mir aufgefallen, daß ich das Haus gar nicht sehen konnte, aber merkwürdigerweise kann man das Volumen eines Gebäudes auch mit verbundenen Augen fühlen. Sie führte mich über einen Vorplatz, der mit Steinplatten belegt war, ins Haus. Ich konnte das Feuer im Kamin riechen und hörte das Holz knistern. Ich hatte den Eindruck, daß es ein ziemlich großer Raum war. Wir blieben stehen.

Ich freue mich, daß Sie kommen konnten, sagte eine Stimme hinter mir. Ich drehte mich instinktiv zu ihr um. Es war eine ruhige, gleichmäßige Altstimme. Bitte seien Sie unbesorgt, Sie haben nichts zu befürchten. Nur um eines muß ich Sie bitten: Ich möchte nicht angefaßt werden. Ist das klar? Lissa macht alles für mich. Nicht wahr, Lissa? Sie ist immer sehr behutsam. Also, Lissa.

Sonderbarerweise hatte ich keine Angst. Ich war

nicht einmal besonders überrascht, als Lissa mir aus der Jacke half. Es war ganz so, als hätte ich von Anfang an gewußt, was sie vorhatte, als hätte ich jeden Handgriff kommen sehen, als wäre ich nicht blind in diese unaufhaltsame Geschichte hineingetappt. Ich spürte die Wärme des Kaminfeuers auf der Haut. Du kannst ihm die Binde abnehmen, sagte die Stimme.

Die Frau saß ein paar Schritt entfernt von mir, im Lotossitz, auf dem Fußboden. Sie war vielleicht vierzig Jahre alt und trug auf den bloßen Schultern einen rötlichen Pelz, wahrscheinlich Hermelin. Sie war stark geschminkt, besonders der Mund. Sie ließ mich die Spitzen ihrer Brust sehen. Ich hatte den Eindruck, daß sie violett bemalt waren.

Wir sahen uns eine Weile wortlos an. Dann sagte sie, immer in diesem gleichmäßigen, höflichen Ton: Würden Sie bitte etwas näher kommen, und wenn es Ihnen nichts ausmacht ... Am besten ist es, wenn Sie knien. Es dauert ja nicht lange.

Ich sah von oben auf ihre hellen Haare, die von einem rötlichen Schildpatt-Kamm zusammengehalten wurden, und überlegte, ob sie gefärbt oder gebleicht waren. Lissa kniete hinter mir, und ich spürte den Reißverschluß ihrer Kombination im Rücken. Alles Weitere war nur die unvermeidliche Fortsetzung des Rituals mit der Fahrt und der Binde, dem Kaminfeuer und der Dame im Pelz. Ich sah Lissas rechte Hand, ihre langgliedrigen Finger auf der Glans und spürte ihren leichten Druck auf der *arteria dorsalis.* Sie ließ sich Zeit, sie tupfte lässig auf das Frenum, sie kannte sich aus, es war ja nicht das erste Mal – sie macht alles für mich, hatte die Dame gesagt, nicht wahr, Lissa? –, und sie wußte genau, daß sie um so mehr aus mir herausholen konnte, je gewissenhafter sie vorging. Die Dame wartete geduldig wie ein Buddha. Ihre Hände konnte ich nicht sehen, aber ich bin sicher, sie lagen auf den Knien, die Spitze des Daumens und des Zeigefingers aneinandergelegt, in der klassischen Lotos-Position. Nur ihr Atem ging eine Spur schneller, aber sie kam mir nicht näher, sie wich auch nicht zurück, sie wartete nur.

Es ist ja nicht wahr, was man immer wieder von irgendwelchen Ignoranten hören kann, daß sich das Bewußtsein eintrübt, je näher man am Orgasmus ist. Im Gegenteil. Ich jedenfalls bin nie geistesgegenwärtiger, mir fallen tausend Einzelheiten ein, es amüsiert mich geradezu, meiner Phantasie freien Lauf zu lassen. Ich stellte mir also die lila Schminke auf dem geöffneten Mund der Dame vor, und ich stellte mir vor, was sie vor sich sah, Lissas linke Hand unter der leicht gekräuselten, körnigen braunen Haut des Scrotums, die langen Fingernägel ihrer Rechten auf der auberginenfarbenen, glänzenden Haut der Glans und die kleine Öffnung darin, diesen schrägen Schlitz, der sich eine Spur weit öffnete, ja, mir fiel sogar Mollys Monolog aus dem ›Ulysses‹ ein, wo sie sagt: Es hatte direkt so was wie ein Auge mittendrin, ein blindes drittes Auge, und zugleich merkte ich, wie sich Lissa unwillkürlich gegen meine Schulterblätter preßte und ihr Atem an meinem

Ohr immer flacher ging, während sie mir mit dem Fingernagel ganz sanft über das Perineum strich. Das war es, was mir den Rest gab, dieser fast unmerkliche Druck auf jene kleine Vertiefung, an der ein Mann der Frau am ähnlichsten ist. Ich schloß die Augen. Alles Weitere übernahm, wie ich als Mediziner wußte, der Sympathicus, gesteuert vom Lumbalmark.

Dann ließ ich mich einfach auf den Boden fallen und bettete meinen Kopf auf Lissas Schoß. Eine Minute verging. Vielen Dank, sagte die Stimme. Ich öffnete die Augen. Die Dame lächelte schwach. Auf ihrer Unterlippe sah ich eine kleine weiße Träne. Die Heimfahrt verlief schweigsam. Der Kiesweg führte auf eine Birkenallee. Bevor sie auf die Landstraße einbog, hielt Lissa an und verband mir, gewissenhaft, wie sie war, die Augen. Dann schaltete sie das Autoradio an und fuhr weiter. Ich glaube, es war ein Oboenkonzert. Im zweiten Satz muß ich eingeschlafen sein. Als ich wieder aufwachte, waren wir schon am Autobahnkreuz. Ich nahm die Binde ab und gab sie ihr. Wenn du mir sagst, wo du wohnst, flüsterte sie, fahre ich dich noch nach Hause. Das Radio hatte sie ausgeschaltet.

Als wir vor dem Haus waren, ließ sie den Motor laufen. Ohne ein Wort zu sagen, nahm ich sie in die Arme. Nein, rief sie leise, nein. Das geht nicht. Warum nicht? fragte ich. Ich kann nicht, sagte sie. Warum nicht, Lissa? Ich kann nicht, sagte sie. Ohne meine Schwester kann ich nicht.

Das Gegenüber

Ich brauche keinen Feldstecher. Ich war schon mit achtzehn, damals auf dem Dorf, Schützenkönig, und ich glaube, mit einem guten Gewehr schieße ich Ihnen heute noch auf dreihundert Meter das Herz-As aus der Karte. Sehen Sie den Spengler da drüben auf dem Dach? Ich kann die Knöpfe an seiner Jacke zählen. Ich erzähle Ihnen das alles, weil Sie mir sonst vielleicht nicht glauben werden.

Es geht um das Haus gegenüber, genauer gesagt den Balkon ganz oben. Er ist etwas zurückgesetzt, eigentlich fast eine Terrasse, die in den Dachstuhl eingeschnitten ist. Im Sommer steht er immer voller Pflanzen, richtig üppig sieht es dann aus, und die Doppeltür ist dann den ganzen Tag offen. Dort habe ich sie zum ersten Mal gesehen. Es muß ein Sonntag gewesen sein, denn ich erinnere mich an die Kirchenglocken. Mich irritiert das Gebimmel, es stört mich, wenn ich Musik höre. Und ich höre eigentlich immer Musik, wenn ich allein bin, Opern, die ganze Zeit. Ich stand am Fenster und hörte ›La Sonnambula‹ von Bellini – *Ah! non credea mirarti,* die Aufnahme von 1957 aus der Scala, mit der Callas als Amina, unvergleichlich! –, und da sah ich sie, eine zarte Rothaarige, durch die offene Doppeltür, auf dem Liegestuhl, den sie halb ins Freie gerückt hatte. Ihr Gesicht lag im Halbschatten, aber ob Sie es glauben oder nicht, ich konnte sogar ihre Sommersprossen erkennen, und auf ihre Füße fiel die Sonne. Es war ein strahlender Tag. Unten fuhren die Autos vorbei, die Kirchenglocken waren verstummt, Amina sang ihre Arie aus dem dritten Akt, und sie lag in ihrem Stuhl, die Beine leicht geöffnet, und onanierte.

Ich bin alles andere als ein Voyeur, und ich hatte noch nie einer Frau beim Onanieren zugesehen, und wenn ich mir überhaupt den Kopf darüber zerbrochen hätte, wäre mir die Idee wahrscheinlich nicht einmal besonders anziehend vorgekommen. Aber nun konnte ich meinen Blick nicht von ihr abwenden. Es war einfach hinreißend, wie sie da lag, ganz entspannt, und andächtig ihre hellen Finger in sich verschwinden ließ.

Was hätten Sie an meiner Stelle getan? Natürlich habe ich ihr nicht widerstehen können. Genau an der berühmten Stelle gegen Ende der Arie, wo die Callas zu ihrer Koloratur ansetzt, verdrehte sie die Augen – oder habe ich mir das nur eingebildet? Sie hatte den Mund leicht geöffnet, sie ließ ihre Hand fallen, und im selben Augenblick spürte ich – nun, Sie können sich denken, was ich spürte.

Sie hatte mich nicht bemerkt. Nein, das ist ganz ausgeschlossen. Ich stand zwar am Fenster, aber ich habe mich nicht gezeigt. Ich weiß nicht warum, aber ich schämte mich sogar. Ich war ja älter als sie. Außerdem wollte ich sie auf keinen Fall stören.

Von da an habe ich immer an sie gedacht. Ich habe ihr nachspioniert. Das kann ich nicht leugnen. Bald wußte ich, wann sie zur Arbeit ging und wann sie nach Hause kam. Sie lebte allein, das war offensichtlich. Erst nach ein paar Tagen bemerkte ich, daß sie eine Katze hatte, die manchmal auf den Balkon kam. Ich habe mir auch ein Bild von ihrer Wohnung gemacht, von ihren Lampen, den Regalen, den Pflanzen in ihrem Wohnzimmer.

Anfangs hoffte ich noch, sie beim Aufstehen zu beobachten, oder abends, wie sie ins Bett ging. Ich stellte sie mir vor, wie sie ihren Pullover über den Kopf zog, ich sah förmlich ihre langen rötlichen Haare auf der grünen Wolle vor mir. Aber ich habe sehr schnell begriffen, daß das Schlafzimmer auf der Rückseite des Hauses lag. Übrigens zog sie abends immer die Vorhänge zu, nur durch das Küchenfenster konnte ich ihr zusehen, dort hatte sie keine Gardinen. Am Mittwoch kam sie immer früher nach Hause, mit einem Bündel Wäsche; dann sah ich ihr beim Bügeln zu und hörte dabei Musik. Ich kannte ihre Gewohnheiten, ja ich wußte sogar, wo sie einkaufte. Ich habe sie öfters auf der Straße getroffen oder beim Bäcker, aber ich vermied es, ihr allzu nahe zu kommen, und ich habe sie selbstverständlich nie angesprochen.

Aber glauben Sie nur nicht, daß das eine ruhige Zeit war! Wo denken Sie hin? Ich war außer mir. Den ganzen Tag stand ich am Fenster, rasend vor Ungeduld, obwohl das doch ganz sinnlos war. Es war ein verregneter Sommer. Sogar am Sonntag öffnete sich die Doppeltür nur einen Spalt weit, um die Katze auf den Balkon zu lassen. Ich verfluchte das schlechte Wetter. Ich hörte den ganzen Tag Mahler und war verzweifelt. Drei Wochen lang lebte ich sozusagen mit einer *idée fixe* zusammen.

Dann wachte ich eines Morgens auf und sah, daß die Sonne schien. Es war ein Samstag. Ich wußte, daß sie am Samstag gern lange schlief. Ich frühstückte und legte die erste Seite der ›Norma‹ auf, die Cavatine aus dem 1. Akt, eine unglaubliche Musik, natürlich bei offenem Fenster, und tatsächlich, da war sie wieder, auf ihrem grün-weiß gestreiften Liegestuhl, und genau wie das erste Mal hatte sie keinen Faden am Leib. Die Katze strich um ihre nackten Füße herum. Sie hatte ein Buch in der Hand, aber sie las nicht, sondern träumte nur vor sich hin.

Diesmal hat sie mich gesehen, das weiß ich, denn ich blickte ihr direkt in die Augen. Ihre Pupillen waren in der Sonne ganz klein. Sie erwiderte diesen Blick. Dann ließ sie das Buch fallen, öffnete ihre Schenkel und fing an, sich zu streicheln, mit dieser trägen Hingabe, die mir schon so vertraut vorkam, von unten nach oben, ohne mich aus den Augen zu lassen, mit einer Schamlosigkeit, die ich wunderbar fand. Ich zögerte keine Sekunde und tat es ihr gleich. Auf ihrem Gesicht erschien ein Lächeln. Diesmal wußte sie, daß ich sie sah, und ich wußte, daß sie mich sah, und sie wußte, daß ich es wußte, daß sie wußte, daß ich ... mir schwindelte der Kopf. Ich bilde mir sogar ein, daß sie die Musik hörte. Jedenfalls bewegten wir uns im Einklang mit ihr, im Einverständnis mit der Stimme in meinem Zimmer, die *Casta diva* sang, während wir uns mit den Augen liebten ...

Genug davon. Seitdem konnten wir nicht mehr ohne einander auskommen. Wir haben uns sogar verabredet, ohne ein Wort zu wechseln. Natürlich haben wir nie miteinander telefoniert. Wozu hätten wir dieses plumpe Instrument brauchen sollen, wenn ein Blick genug war? Noch weniger wäre es uns eingefallen, uns zu treffen. Sie glauben doch nicht, daß wir so etwas Einzigartiges wie unser Einverständnis riskiert hätten, nur um das zu machen, was alle anderen machen? Wenn wir uns irgendwo begegnen, beim Zeitungshändler oder auf der Post, werfen wir uns nicht einmal einen Blick zu. Niemand soll ahnen, was uns verbindet. Sie auch nicht. Ich sehe Ihnen an, daß Sie mich für verrückt halten. Ich wußte von Anfang an, daß Sie nichts begreifen würden, sonst hätte ich Ihnen unsere Geschichte auch nicht erzählt.

Neulich las ich in der Zeitung, daß hier eine neue Schnellstraße gebaut werden soll. Wenn es wirklich soweit kommt, wenn sie unsere Häuser abreißen, bringen wir uns um. Wir haben immerhin sechzehn Jahre hier miteinander gelebt. Es war eine glückliche Ehe.

Ein Test

An der ganzen Sache war nur das verdammte Motorrad schuld. Mein Freund Tobias wollte es loswerden, weil seine Freundin Motorräder nicht ausstehen kann. Es war so gut wie neu. Das war natürlich der reine Wahnsinn, so kurz vor dem Abitur, und mit den dreihundert Mark, die ich zur Verfügung hatte. Ich pumpte mir den Rest, bei einem Trödler, aber dieser Trödler war ein ganz krummer Hund. Als ich das Geld nicht zurückzahlen konnte, drohte er mir, mit meiner Mutter zu reden. Die wäre außer sich geraten, wenn sie es erfahren hätte. Ich mußte einfach irgendeinen Job finden. Und da sah ich die Anzeige: Männliches Model gesucht, nicht über 18. Agentur Ganymed, Cosimastraße 3.

Ich als Model! Wenn die andern das gewußt hätten, die hätten sich totgelacht, besonders Tobias. Ich bin ja eher schüchtern, wissen Sie, eher schmächtig, und beim Sport bin ich ein totaler Versager. Deswegen wollte ich ja unbedingt das Motorrad haben. Mit dem Motorrad würde ich es schaffen, dachte ich. Im Grunde wollte ich nur die Gitta damit herumkriegen. Naja, jedenfalls, die Anzeige war in der Samstags-Ausgabe, und am Montag mittag setze ich mich auf mein Motorrad und fahre in die Cosimastraße. Es war ein ganz gewöhnliches Mietshaus, so ein aufgeputzter Altbau. Unten kein Schild, keine Reklame, gar nichts, nur ein Türschild, auf dem

Ganymed stand, mit Filzstift geschrieben. Komisch, dachte ich und läutete kurz. Eine Frau sagte durch die Sprechanlage: Ja? Das war alles, was sie sagte. Ich komme wegen der Anzeige, sagte ich, und sofort hörte ich den Summer. Nicht einmal das Stockwerk hat sie mir gesagt. Ich ging also zu Fuß die drei Treppen hoch, weil ich nicht wußte, in welchem Stockwerk das war.

Ganymed. Diesmal war es eine kleine Karte, die an die Wand gepinnt war. Die Tür stand offen. Niemand weit und breit, nur ein langer leerer weißgestrichener Korridor. Da hatte ich schon so ein komisches Gefühl. Aber ich wollte nicht aufgeben. Dann hörte ich ein paar Stimmen, Frauenstimmen. Die schienen sich ganz gut zu unterhalten. Sie lachten. Ich kam in ein großes Zimmer. Da standen sie. Die eine war vielleicht dreißig, so eine energische Blonde, ziemlich üppig. Sie hatte einen Bademantel an und rauchte einen Zigarillo. Die andern beiden waren jünger. Ganz schräge Vögel waren das. Die erste hatte sich die Haare rosa gefärbt, und die andere trug so eine Hochfrisur, wie man sie früher hatte. Diese beiden hatten weiße Kittel an, wie beim Zahnarzt. In dem Raum war nur ein großer weißer Tisch und eine Fernsehkamera. An der Wand war ein Waschbecken. Das Ganze sah wie ein Labor aus. Nur die Dicke im Bademantel paßte nicht dazu, und die Frisuren der beiden Mädchen.

Aha, sagte die Chefin – denn das konnte man gleich sehen, daß sie die Chefin war. Treten Sie näher. Nur zu! Sie faßte mich an den Haaren und drehte mir den Kopf ins Licht, als wenn ich eine Katze wäre oder ein Pudel. Die beiden Mädchen kicherten. Na, dann wollen wir mal einen Test mit Ihnen machen. Ohne Test läuft bei uns gar nichts.

Die Kleine mit den rosa Haaren ging hinaus, und die beiden andern schauten mich von oben bis unten an. Ich nehme an, daß es um irgendwelche Modesachen geht, sagte ich, nur um etwas zu sagen, denn die ganze Sache kam mir schon reichlich merkwürdig vor. Wo sind denn die Klamotten?

Nein, mein Lieber, sagte die Chefin, mit Mode hat das nichts zu tun. Sie sagte es ganz ernst, und auch die andere hörte auf zu lachen. Dann hörte ich, wie die mit der rosa Frisur zurückkam. Sie machte an der Tür herum. Ich drehte mich um und sah, wie sie zwei schwere Riegel vorschob. Was soll denn das, fragte ich ärgerlich, aber ich bekam keine Antwort. Die beiden Mädchen faßten mich von beiden Seiten unter und führten mich zu dem großen weißen Tisch.

Nun nehmen Sie erst mal Platz, sagte die Chefin. Ich wußte überhaupt nicht, was sie damit sagen wollte. Los! Legen Sie sich hin! – Ich denke nicht daran, sagte ich. Aber die beiden hatten mich untergehakt, und ehe ich eine Bewegung machen konnte, hatten sie mich schon auf den Tisch gehoben. Ich lag auf dem Bauch und hob den Kopf. Sie sind wohl nicht ganz bei Trost, rief ich und versuchte mich loszumachen. Aber die beiden waren geschickt und kräftiger, als ich gedacht hatte. Sie hielten mich an den Handgelenken und an den Füßen fest.

Jetzt beruhigen Sie sich mal, sagte die Chefin. Entspannen Sie sich! Die hatte gut reden! Entspannen! Ich war so verblüfft, daß mir keine Antwort einfiel. Statt dessen zappelte ich und stieß mit den Füßen, um loszukommen. Aber die Dicke verzog keine Miene. Ihr Zigarillo war ausgegangen, und während die beiden andern mich festhielten, kam sie auf mich zu und sah mir in die Augen. Die ihren waren hellblau. Ich hatte plötzlich die Idee, daß sie mich hypnotisieren wollte, aber statt dessen holte sie ein paar Riemen hervor, die irgendwo an dem Tisch befestigt waren, und schnallte mich in aller Ruhe fest. Ich begann zu brüllen, so erschrocken war ich. Sie hielt mir einfach die Nase zu, ich sah die Ringe an ihrer Hand, einen schwarzen Siegelring und einen zweiten mit einem Käfer drauf – ich weiß nicht, warum ich darauf geachtet habe –, und stopfte mir ein Taschentuch in den Mund, damit ich nicht mehr schreien konnte. Die beiden andern konnte ich nicht mehr sehen, aber ich merkte, daß sie mir die Schuhe und die Strümpfe ausgezogen hatten. Ich lag auf dem Tisch und konnte mich nicht mehr rühren. Die Dicke ging ganz geschäftsmäßig zu einem Schrank, der in der Ecke stand, und holte irgendwas heraus, das sie mir unter die Nase hielt. Ich dachte schon, daß sie es mit Chloroform versuchen wollte, aber das Zeug in der Flasche roch nicht so, es war auch kein Äther, sondern irgend etwas Parfümiertes. Sie ließ mich eine Weile daran riechen, aber es passierte gar nichts. Die Chefin schaute dabei immer auf ihre Armbanduhr. Ich war ziemlich fertig. Ich wußte überhaupt nicht, was die Weiber von mir wollten. Das Schweigen in dem Zimmer ging mir auf die Nerven. Ich kam mir vor wie in einem Operationssaal. Dann sah ich aus dem Augenwinkel die Kleine mit der Hochfrisur. Sie hatte tatsächlich eine Schere in der Hand.

Ich spürte die Schere im Nacken, aber schreien konnte ich nicht. Ich hatte so ein kariertes Hemd an und eine Cordhose. Das Mädchen fing an, mir das Hemd kaputtzuschneiden. Ich spürte das Metall der Schere auf der Haut. Die andere fummelte an meinem Gürtel herum. Diese drei Weiber, oder vielmehr die beiden Jüngeren, denn die Chefin sah nur zu und murmelte hie und da irgend etwas vor sich hin, schnitten einfach meine Kleider auseinander, und zwar vom Nacken abwärts. Ich spürte die Luft auf dem Rücken, dann das Metall des Tisches auf der Brust, denn sie zogen die Fetzen unter mir weg und warfen sie auf den Boden. Ich fror, obwohl es Juni war, und zugleich fühlte ich mich irgendwie fiebrig. Auch meine Hose nahmen sie mir ab und die Unterhose. Ich hörte die Schere durch den Stoff ratschen, bis ich keinen Faden mehr am Leib hatte.

Wir können anfangen, sagte die Chefin. Den Tisch! Ich konnte nicht sehen, was dann passierte, aber ich hörte ein Summen wie von einem Motor und spürte, wie der Tisch sich bewegte. Er schob sich langsam zusammen, und meine Knie wurden nach vorn gedrückt, immer weiter nach vorn, bis sich meine Schenkel aufrichteten und mein Hintern in die Höhe gehoben wurde. Ich lag wie ein Mohammedaner da, auf den Knien, festgeschnallt auf diesem verdammten Tisch, und streckte den Hintern in die Luft.

Kamera! sagte die Dicke. Ich sah die Dunkelhaarige, die mit der Hochfrisur, zum Wandschrank gehen und hörte, wie sie etwas herausholte, aber was es war, konnte ich nicht erkennen. Bis jetzt hatte mich keine von den dreien angefaßt. Aber jetzt legten sich zwei kühle Hände auf meine Hinterbacken. Naja, sagte die Chefin, sieht ganz appetitlich aus. Ein Neuling, soviel steht fest.

Ich glaube, es war die schräge Figur mit den rosa Haaren und dem großen Mund, die da an mir herummachte.

Sie kitzelte mich. Er hat Angst, der Kleine, sagte sie. Ein Schlappschwanz. Da rührt sich nichts. Soll ich nachhelfen? Nein, sagte die Chefin, nicht mit der Hand. Das muß ganz von selber gehen. Nur Geduld. Tubus bitte!

Ich spürte, wie etwas Kaltes, Metallisches an meine Naht gesetzt wurde. Weiter auseinander! sagte die Chefin, und die andere zog meine Backen auseinander, so weit es ging. Dann schob sie das, was sie den Tubus nannten, in mich rein. Es war kein Gummiding und auch kein Vibrator, sondern eine Art Rohr oder so was. Temperatur! sagte die Chefin. Nach ein paar Sekunden spürte ich, wie sich das Ding erwärmte. Es war jetzt schon ziemlich tief drin.

Ich weiß nicht, ob ich in diesem Moment überhaupt noch Angst hatte. Ich dachte einfach, ich werde verrückt. Ich hatte längst aufgehört zu zappeln. Ich wußte, daß sie alles, was sie wollten, mit mir machen konnten, und das komische ist: ich hatte mich damit abgefunden. Um ganz ehrlich zu sein, es gefiel mir sogar irgendwie. Ich weiß nicht, was für ein Zeug sie mir zum Riechen gegeben hatten, aber kalt war mir ganz und gar nicht mehr, im Gegenteil. Ich dachte an diese drei Weiber, die da hinter mir standen, die Augen auf mein Arschloch gerichtet, und spürte dieses heiße Ding in mir, und auf einmal war mir alles ganz gleich. Ich dachte an Gitta, die mich nie ranlassen wollte, und merkte, wie mein Schwanz immer größer wurde und wie mein Hintern anfing, sich zu bewegen.

Na endlich, sagte die Chefin. Der heiße Tubus bewegte sich ebenfalls, er glitt aus mir heraus und drang wieder in mich ein. Ist er schon soweit? fragte die mit der Hochfrisur, und die andere sagte, noch nicht. Er ist mir noch immer zu ruhig, murmelte die Chefin. Ich glaube, ich muß ein wenig nachhelfen. Und in diesem Augenblick spürte ich ihre Hand auf meinem Hintern, sie schlug so fest zu, und ich war so überrascht, daß ich schrie, aber durch das Taschentuch in meinem Mund kam nur ein mattes Geräusch, während sie klatschend auf mich einschlug und sich ein stechender Schmerz unter meiner Haut breitmachte. Ich stellte mir Gitta vor, wie sie mich angefaßt hat, einmal, im Kino. Ich glaube, das reicht, sagte die Kleine mit dem großen Mund. Ist der Brei soweit? fragte die Chefin. Ja, murmelte eine von den beiden andern, ich bin nicht sicher, welche es war. Welcher Brei, dachte ich. Darf ich ihn anfassen, sagte die mit der Hochfrisur. Angefaßt wird nicht, sagte die Chefin. Ich glaube, ich sehe schon den ersten Tropfen, sagte die mit dem großen Mund. Also los, sagte die Chefin. Der Tubus war jetzt sehr heiß, und er kam mir dicker vor als früher. Und da spürte ich, wie eine heiße Masse aus ihm heraus und in meine Eingeweide eindrang, und ich konnte mich nicht mehr beherrschen und spritzte in die Hand an meinem Schwanz, ich wußte nicht wessen Hand, Gittas Hand oder die der Chefin oder meine, und dann hörte ich die drei Frauen hinter mir lachen und wandte vorsichtig den Kopf um und sah, wie sie in ihren Händen den weißen Saft verrieben und sich damit die Gesichter salbten und lachten. Auf einmal war ich todmüde. Ich hatte die ganze Geschichte satt. Ich fragte mich, wie es möglich war, daß ich vor einer Sekunde noch so geil gewesen war, und einen Augenblick später wollte ich nichts mehr mit der ganzen Sache zu tun haben.

Die drei Weiber kümmerten sich überhaupt nicht mehr um mich. Sie tuschelten miteinander, spülten ihre Instrumente aus und machten an ihren Frisuren herum. Das Band, sagte die Chefin. Die Rosagefärbte holte die Kassette aus dem Gerät. Dann nahm sie einen Trainingsanzug aus dem Schrank und warf ihn über mich. Die andere machte die Schlaufen der Riemen auf, mit denen ich festgebunden war. Sie öffnete die Tür, und ohne mir auch nur einen Blick zuzuwerfen, gingen sie alle drei einfach aus dem Zimmer. Ich richtete mich langsam auf, streckte die Arme aus und sah mich um. Auf dem Fußboden lagen meine zerschnittenen Kleider. Ich hob den Trainingsanzug auf, es war ein dunkelblauer Anzug mit weißen Streifen, und zog ihn an. Ich fand in dem Durcheinander meine Strümpfe und Schuhe. Dann ging ich auf Zehenspitzen zur Tür und horchte. Niemand weit und breit. Die Haustür stand offen. Ich rannte die Treppe hinunter, aus dem Haus. Mein Motorrad war noch da, wo ich es hingestellt hatte. Ich griff automatisch nach dem Zündschlüssel in meiner Tasche, aber es war ja nicht meine Hose, was ich anhatte, und mein Zündschlüssel war natürlich weg. Dafür knisterte etwas in der Brusttasche: es war ein zweifach zusammengefalteter Tausendmarkschein.

Ich habe niemandem von der ganzen Geschichte erzählt. Tobias hätte geglaubt, ich wäre reif fürs Irrenhaus. Von Gitta ganz zu schweigen. Drei Tage später bin ich noch einmal in die Cosimastraße gefahren. Das Klingelschild am Eingang war leer und weiß, und die Wohnungstür oben war geschlossen. Geklingelt habe ich nicht. Ich frage mich nur, was sie mit dem Videoband gemacht haben.

Ewige Liebe

Früher war ich ganz normal. Als ich Stefan kennenlernte, hatte ich keine Ahnung, daß ich anders als die andern bin; ich war einfach verrückt nach ihm, und daran ist ganz gewiß nichts Sonderbares, denn Stefan ist ein wunderbarer Mann. Ich war verrückt nach ihm – das hört sich so an, als hätte ich nichts mehr mit ihm im Sinn, als hätte ich mich von ihm getrennt. Das stimmt aber ganz und gar nicht. Im Gegenteil! Obwohl es nicht mehr so wie früher ist. Aber das ist es ja eben. Der bloße Gedanke an ihn macht mich schier wahnsinnig, gerade weil wir uns schon seit einer Ewigkeit nicht mehr sehen.

Wenn es mir nicht gelingt, alles der Reihe nach zu erzählen, hört sich die Geschichte so an, als wäre ich nicht ganz richtig im Kopf. Es fängt damit an, daß ich schon als Kind überempfindlich war. Meine Mutter hat zu mir gesagt: Sei doch nicht so zimperlich! Aber das war ungerecht; denn ich habe mich nie beklagt oder gejammert oder geheult. Sie hat eben nicht verstanden, daß ich anders bin als sie. Das ist eine Frage der Konstitution, glaube ich. Zum Beispiel wenn ich irgendwo anstieß, an einer Tischkante, oder nach einem kleinen Sturz vom Fahrrad, da bekam ich jedesmal große blaue Flecken. Das sah ganz schlimm aus, wie nach einer Schlägerei. Oder die ewige Quälerei mit dem Essen. Ich brachte einfach nicht alles hinunter, was vor mir auf dem Teller lag. Heutzutage redet man viel von Magersucht. Damals wußte man gar nicht, was das ist. Übrigens war das nicht mein Problem; ich hatte nicht die geringste Lust zu hungern, und ich nahm auch keineswegs ab. Es war nur so, daß ich immer gleich satt war. Ich brauchte weniger als die andern. Das war alles. Meine Mutter konnte das nicht verstehen. Immer sagte sie: Es ist dir wohl nicht gut genug, was ich auf den Tisch bringe? Und wenn ich mal krank war – etwas Ernstliches hat mir nie gefehlt, ich hatte nur dann und wann einmal eine Grippe, ein Kopfweh, eine Magenverstimmung –, dann warfen mich die harmlosesten Tabletten um, bis ich darauf kam, daß ich immer nur ein Viertel der Dosis brauchte, die der Arzt verschrieb. Ganz zu schweigen von stärkeren Sachen, wie zum Beispiel einer Impfung oder gar Antibiotika. Ich reagiere eben heftiger als andere. Schon die Sonne, wenn es heiß wird, kann mich zur Verzweiflung treiben. Ich muß mich immer in den Schatten setzen. Und so geht es mir mit allem. Ich kann nichts dafür. Natürlich hatte ich es in der Schule nicht leicht. Die Jungens kamen mir immer grobschlächtig vor. Es war mir schon zu viel, wenn mich einer anfassen wollte. Nicht, daß mir je einer etwas angetan hätte, aber schon bei den üblichen Doktor-Spielen tat mir alles weh, und später, die ungeschickten Annäherungsversuche beim Tanzen fand ich unappetitlich. So hat es ziemlich lange gedauert, bis ich an den Richtigen kam, und das war Stefan.

Nachträglich muß ich sagen, seine Geduld war

wirklich wunderbar. Er war immer sehr zart, mein Stefan. Als ich ihn zum ersten Mal sah, es war in einer Theaterpause, Tschechow, der ewige ›Onkel Wanja‹, und wir kannten uns gar nicht – da hat mir alles an ihm gefallen, sofort, seine kleinen Hände und der helle weiche Schnurrbart, eigentlich nur ein Flaum, seine Stimme, die Art, wie er den Kopf in den Nacken warf, wenn er lachte, und als er mir die Hand gab, da war ich schon ganz sicher. Ich bin nach dem Theater einfach mit ihm gegangen, ich weiß nicht warum, aber ich hatte recht. Denn er ließ mir Zeit, er war umsichtig, ja, so muß man es nennen, umsichtig, und erst ganz allmählich hat er mir eine Hand auf die Schulter gelegt, so leicht, daß ich mich überhaupt nicht wehren mußte, nein, ich konnte es fast nicht mehr erwarten, ich konnte mich kaum halten ... Das gibt es ja, das brauche ich nicht zu erklären.

Nur, je länger wir uns kannten, desto leichter wurde es. Ich war froh darüber, ich dachte, so soll es sein. Aber natürlich habe ich nicht geahnt, wohin das führen würde. Schon nach ein paar Wochen war es so weit gekommen, daß ich, noch ehe er, der arme Stefan, überhaupt daran dachte, er hatte sich ja eben erst zu mir gelegt, kaum, daß ich seinen Mund auf der Schulter spürte – da war ich schon, wie soll ich es sagen, über alle Ufer getreten, zweimal, dreimal, es nahm gar kein Ende. Ich sagte ihm nichts davon, ich blieb bei ihm, aber natürlich hatte er es bemerkt. Er sah, daß ich ganz glücklich war, schläfrig, ohne Verlangen.

Es war merkwürdig, fast unheimlich, wie gut wir uns verstanden. Wir brauchten ja kein Wort zu wechseln, wenn wir allein waren, wir verstanden uns sofort, ein Blick, der Druck der Hand war genug, so, daß wir einander gar nicht täuschen konnten. Und deshalb hätte keiner von uns beiden das, was uns bevorstand, aufhalten können. Ich weiß, daß sich das absurd anhört, aber unsere heimlichen Begegnungen wurden je besser, je schlimmer. Denn ich war, schon während er mich streichelte oder auch nur die Hand ausstreckte, um mir den Rock abzustreifen, schon nicht mehr imstande, mich zurückzuhalten, und verbergen konnte ich ihm nichts; ich war außerstande, stillzuhalten, obwohl ich mir in die Hand biß, ich wand mich, obwohl ich versuchte, mich zu bremsen; an etwas anderes zu denken, unmöglich, ich spürte es kommen, und es kam und kam.

Er sah mich bloß an, irgendwie hilflos, erregt und niedergeschlagen zugleich; denn alles, was folgte, obgleich ich geduldig war, enttäuschte ihn; und er hatte recht, denn ich sah mir selber zu, als wäre ich jemand anders. Er hat es früher begriffen als ich, daß er in diesem Augenblick überflüssig war, daß ich ihn liebte, aber nicht brauchte. Einmal hat er das auch gesagt, ein einziges Mal nur, und ich war traurig, weil ich ihm nicht widersprechen konnte.

So ging es weiter, nur daß es immer schlimmer wurde mit mir. Einmal waren wir auf einem Empfang. Ich hatte mich an die Wand gelehnt, das Glas in der Hand, und er stand vor mir. Da hat er mit dem Finger meine Brust gestreift, er fuhr nur leicht darüber hin, und diese flüchtige Berührung, dieser Fingerdruck war schon zuviel für mich, es überlief mich heiß und kalt, ich war nahe daran, ohnmächtig zu werden, vor allen Leuten, mit halb erstickter Stimme – ich war sicher, daß jeder, der in der Nähe war, mir angesehen haben muß, was mit mir los war. Natürlich hatte Stefan nicht im Traum daran gedacht; es war ja nur eine Geste der Zärtlichkeit gewesen, mehr nicht. Wir haben nicht darüber gesprochen, und zum ersten Mal war ich mir nicht sicher, was er von mir gehalten hat.

Ich erfand Ausreden, ich behauptete, ich sei müde, hätte keine Zeit, fühlte mich nicht wohl. Ich vermied es, die Nächte bei ihm zuzubringen. Er sah mich vorwurfsvoll an, sagte aber nichts. Eines Abends fand ich in meinem Schrank eine Jacke, die er vergessen hatte. Ich strich über den groben wolligen Stoff, ich roch sogar an der Jacke, und sofort war ich überwältigt, es geschah mit einer Heftigkeit, die mich überraschte, ich preßte den rauhen Tweed so heftig an mich, daß ich später das Muster auf meiner Haut fand. Daraufhin beschloß ich, es noch einmal zu versuchen. Das Herz schlug mir bis zum Hals, als ich an seiner Tür klingelte, aber ich mußte einsehen, daß es unmöglich war, daß meine Vorsätze nichts wert waren. Stefan, der wirkliche Stefan, war einfach *zuviel* für mich, ich konnte nicht mehr, er tat mir weh. Ja, er hat mich gestört, ich gebe es zu. Das allerschlimmste aber war, daß mir plötzlich schlecht wurde, genau wie damals vor dem Teller mit den Bohnen, als ich klein war und satt war, schrecklich satt. Als ich aus dem Badezimmer kam, war er weggegangen.

Am andern Morgen habe ich ihn angerufen. Ich weiß nicht genau, was ich ihm sagen wollte, wahrscheinlich hatte ich vor, mich zu entschuldigen, aber kaum vernahm ich seine Stimme – er war noch ein wenig verschlafen –, da war es mir schon egal, wovon wir sprachen. Ich hielt ihn hin, nur um seine Stimme zu hören. Eigentlich stritten wir uns, es war unser erster wirklicher Streit, aber ich hörte überhaupt nicht auf das, was er sagte, worüber er sich beschwerte. Und dann geschah das, wozu ich nicht imstande war, solange er neben mir gelegen, solange ich seinen Körper auf dem meinen gespürt hatte, sein Gewicht: ich war atemlos, ich brachte keinen Satz mehr zustande, ich röchelte nur noch ins Telefon. Natürlich wußte er sofort, was mit mir los war. Er hat nichts mehr gesagt, er hat mir nur gute Nacht gewünscht. Ich war selig, obwohl er mir leid tat.

Seitdem habe ich ihn noch ein paarmal angerufen, nur um seine Stimme zu hören, im Bett. Er hat sich kein einziges Mal von sich aus gemeldet. Zuerst war er geduldig, wie immer, das muß ich ihm lassen. Er war überhaupt ein Engel, mein armer Stefan, aber auf die Dauer wurden ihm meine Anrufe lästig. Ich kann ihm das nicht übelnehmen, er muß mich für eine Egoistin gehalten haben, und schließlich hat er, ohne etwas zu sagen, einfach eingehängt. Eine Zeitlang habe ich mich an seine Spuren gehalten. Nicht nur an die vergessene Jacke. Im Korridor fand ich noch einen Handschuh von ihm, im Bad eine leere Flasche mit Toilettenwasser. Aber das ist schon lange her, denn bald merkte ich, daß diese Sachen überflüssig waren. Jetzt brauche ich nur noch an ihn zu denken. Die Erinnerung ist wie eine Halluzination. Sie genügt mir, was sage ich, genügt, sie wächst mir über den Kopf, sie regt mich auf, ich bin verrückter denn je nach ihm. Er ist ja da, in meiner Vorstellung, auf meiner Haut, in meinem Schoß. Ich brauche nicht nachzuhelfen, meine Hand rührt sich nicht, ich presse nicht einmal meine Schenkel gegeneinander, ich reibe mich nicht, ich brauche nur an ihn zu denken und er ist da. Schon verliere ich die Beherrschung, ich bin glücklich, er ist mein ein und alles, ich werde ihm immer die Treue halten.

Das Treppenhaus

Ich hätte den Kerl am liebsten gleich beim ersten Mal die Treppe runtergeschmissen, als er mit seinem Siegerlächeln, das blödsinnige Mitbringsel in der Hand, vor meiner Tür stand. Ihnen kann ich es ja ruhig sagen. Sie haben keine Ahnung, wer ich bin, und außerdem, beweisen kann mir keiner was.

Das war typisch für Baierlein, am Sonntagvormittag um zehn einfach zu klingeln. Glauben Sie ja nicht, ich hätte ihn eingeladen, das wäre mir nie und nimmer eingefallen. Er hat nicht einmal vorher angerufen. Natürlich konnte ich ihn nicht einfach wegschicken. Ich kannte ihn schließlich von der Firma her, wenn auch nur flüchtig. Er hatte mit dem Einkauf zu tun. Einmal hat er mich zum Essen eingeladen, zum Italiener, in der Mittagspause, aber das war auch alles. Ich konnte ihn nie ausstehen. Sein flotter Ton, seine Art, sich anzuziehen, immer sportlich, als käme er gerade aus Kitzbühel, sein blonder Schnurrbart – alles an diesem Kerl ging mir auf die Nerven, sogar das Goldkettchen, das er um den Hals trug – er trug nämlich eigens das Hemd offen, damit ja niemand seine Wolle übersehen konnte –, mit einem Wort, er spielte den Draufgänger, den echten Macho. Während er seine Cannelloni aß, hat er mich mit seinen Provisionen gelangweilt.

Was blieb mir anderes übrig? Ich mußte ihn hereinbitten und ihm irgend etwas anbieten. Nach einer halben Stunde ist er endlich gegangen. Aber er ließ nicht locker. Einmal hatte er Karten für den chinesischen Zirkus übrig, ein anderes Mal wußte er eine neue Bar, und wenn ich ihm sagte, daß ich keine Zeit hätte, fragte er mich, ob er mich nach Hause bringen könne.

Ich habe ihm nie über den Weg getraut, aber schlau war er, das muß ich ihm lassen, und so dauerte es eine ganze Weile, bis ich begriff, daß er es auf meine Frau abgesehen hatte. Wir trafen ihn im Theater, und er bestand darauf, uns in der Pause zu einem Glas Campari einzuladen. Da hat er nicht aufgepaßt. Ich sah nämlich, wie er den Nacken meiner Frau anstarrte, ihre Schultern. Der Ausdruck in seinen Augen war der eines Hundes, dem Sie ein frisches Steak hinhalten.

Was hast du denn gegen ihn, fragte mich meine Frau auf dem Heimweg. Nichts, antwortete ich. Er ist doch ganz amüsant, fuhr sie fort. Ich ließ mir nichts anmerken, aber ich wußte Bescheid. Am nächsten Morgen traf ich ihn im Aufzug, und ich habe ihn sofort eingeladen. Am Samstag, so gegen sechs, wenn Sie nichts anderes vorhaben, sagte ich. Er war, glaube ich, ziemlich überrascht, aber er hat natürlich sofort zugesagt. Diesmal trug er ein wildledernes Jackett, eierschalenfarben. Was mich aber viel mehr interessierte, er hatte nicht, wie beim erstenmal, ein Flasche Krimsekt mitgebracht, sondern italienische Pralinen. Kommen Sie rein, sagte ich, ganz der Gastgeber. Meine Frau hatte sich eine japanische Bluse angezogen. Ich fragte ihn, was er trinken wollte, und stellte ärgerlich fest, daß uns der Sherry ausgegangen war. Überhaupt sah es schlecht mit unsern Getränken aus. Kein Wunder, denn ich trinke so gut wie keinen Alkohol. Aber ich bitte Sie, sagte Baierlein, das macht doch nichts. Willst du nicht schnell was besorgen, sagte meine Frau. Der Franzose an der U-Bahn, der mit dem Bistro, hat auch am Samstagnachmittag offen, bei dem kriegt man alles. Ja, sagte ich, ich weiß. Wenn Sie mich entschuldigen, ich bin in zwanzig Minuten wieder da. Ich nahm den Mantel aus der Garderobe und schlug die Haustür zu.

Aber natürlich habe ich sie von innen zugeschlagen. Ich hielt den Atem an und wartete. Den Mantel faltete ich zusammen und legte ihn auf den Fußboden. Ich hörte die Stimme meiner Frau, aber ich konnte nicht verstehen, was sie sagte. Ihr Ton kam mir irgendwie gezwungen vor. Dann entstand eine Pause. Ich hatte meine Tennisschuhe an. Die paar Meter bis zur Wohnzimmertür kamen mir länger als sonst vor. Ich hatte sie halb offenstehen lassen. Durch den Spalt zwischen Tür und Angel sah ich sie. Keiner von beiden sagte etwas, und ihr Gesichtsausdruck war der von Leuten, die horchen.

Aber dann trat er hinter sie, und ich sah, wie er sie an sich preßte. Ich sah auch seine Hand in ihrer Bluse, und dann sah ich ihre Hand, die langsam höher rutschte, bis sie an dem obersten Knopf angelangt war. Sie knöpfte sich in aller Ruhe die Bluse auf. Dann hat der Saukerl ihr die Brüste abgeschleckt, und im Handumdrehen lagen die beiden auf der Couch. Wenn Sie glauben, daß ich Ihnen jetzt erzähle, was er mit ihr angestellt hat, dann täuschen Sie sich. Erstens geht Sie das gar nichts an, und zweitens ist es auch ganz überflüssig. Sie hat jedenfalls mitgemacht, sie war sogar begeistert, sie konnte gar nicht genug kriegen. Ich habe sie nie so erlebt.

Das ist es ja. Deswegen war sie so außer Rand und Band, weil mit mir ... Mit mir ist das etwas anderes. Nicht daß Sie denken, ich wäre impotent. Aber das, was sie haben wollte, habe ich ihr wahrscheinlich nicht bieten können. Ich weiß auch gar nicht, ob so was normal ist. Natürlich war ich wütend, was denn sonst, aber ich konnte auch nicht wegschauen. Das war ja das Furchtbare. Ich stand da und sah zu, wie die beiden übereinander herfielen, und ich hörte auch, was sie machten, so ein nasses Klatschen und Schmatzen, einfach widerlich. Ich bilde mir sogar ein, daß ich die beiden roch!

Einmal war ich in so einem Kino, aber das war etwas ganz anderes, es hat mich ziemlich kalt gelassen, ein paar Flecken auf einer Leinwand, das ist doch nichts. Dagegen hier, in meinem Wohnzimmer, meine Frau, und der Schweiß dieses Burschen. Also gut, ich gebe es zu, ich war wütend, aber ich war nicht nur wütend, ich war auch aufgeregt. Wie wenn man eine heiße Heizung anfaßt und die Hand dranläßt.

Ich weiß nicht genau, wann ich die Tür aufgerissen habe, ich stand in der Tür, sie hätten mich sehen müssen, wenn sie überhaupt noch etwas anderes wahrgenommen hätten als ihr eigenes Ficken. Selbst wenn ich ins Zimmer reingelaufen wäre, sie hätten sich nicht stören lassen, sie hätten es nicht einmal gemerkt. Als sie sich endlich ausgejammert hatte und mit offenem Mund dalag, bin ich gegangen.

Ich nahm den Mantel, öffnete vorsichtig die Tür und machte sie Millimeter für Millimeter zu. Ich mußte erst mal Luft holen. Dann ging ich auf den Zehenspitzen hinunter in den dritten Stock – wir haben nämlich keinen Lift im Haus – und zog meinen Mantel an. Dann bin ich in den Keller gegangen. Natürlich hatte ich die Getränke schon am Tag zuvor besorgt und unten abgestellt. Sicherheitshalber rauchte ich im Keller noch eine Zigarette. Dann ging ich kurz über die Straße, denn man merkt es einem an, ob man aus einem Innenraum kommt oder aus dem Freien, und nach ein paar Minuten stieg ich wieder die vier Treppen hoch, die zwei Tüten mit den Flaschen in der Hand, und sperrte die Tür auf.

Ich war ein bißchen außer Atem, als ich eintrat. Die beiden saßen auf der Couch und machten Konversation. Meine Frau war kühl wie eine Gurke, kein bißchen zerzaust, kein verwischter Lippenstift, nichts ... Ich habe sie bewundert. Ich glaube, ich hätte ihr nichts angemerkt, wenn ich sie nicht zehn Minuten vorher gesehen hätte, wie sie vor diesem Kerl kniete, der jetzt dasaß und ihr irgend etwas von einem Rennen erzählte, während er seine Pfeife stopfte.

Er hat seinen Sherry bekommen, und dann noch einen zweiten und einen dritten Sherry. Ich glaube, ich war ganz gut, ich machte sogar ein paar Witze, und am Schluß fragte ich ihn, ob er nicht zum Abendessen bleiben wolle. Nein, sagte er, er habe noch eine Verabredung, ach, schade, dann auf ein andermal, alles in diesem Ton, bis er endlich gegangen war.

Ich ließ das Abendessen über mich ergehen, obwohl mir nicht danach zumute war. Ich ließ meine Frau keinen Augenblick aus den Augen. Nicht daß sie müde war, im Gegenteil, ihr Gesicht war leicht gerötet und sie versuchte, sich ganz normal mit mir zu unterhalten, aber jedesmal, wenn sie nicht aufpaßte, nahmen ihre Augen einen Ausdruck an, den man, je nachdem, träumerisch oder blöde nennen könnte. Als wir gegessen hatten, fragte ich sie: Gehen wir ins Bett? Sie war völlig überrascht, aber sie wagte es nicht, nein zu sagen. Im Schlafzimmer hat sie noch gefragt: Was ist denn mit dir los? Aber ich sagte nichts, sondern zog sie so hastig, beinahe brutal aus, daß ein Knopf von ihrer Bluse absprang. Mit einer sonderbaren Mischung von Wut und Freude warf ich sie aufs Bett, ja, ich triumphierte, sie sah mich erstaunt an, aber sie protestierte nicht, und ich machte mit ihr genau das, was er mit ihr gemacht hatte, dieser Widerling, was der konnte, konnte ich auch. Ich sah ihn förmlich vor mir, wie er es ihr besorgte, und sie machte mit, genau so, wie sie mitgemacht hat, als er sie hernahm. Ich war nicht mehr wie sonst. Ich hatte mich in ihn verwandelt. Nur, daß ich etwas mehr wußte als er, und mehr als diese Frau unter oder über mir, die schon wieder außer sich war und wahrscheinlich gar nicht mehr wußte, mit wem sie es zu tun hatte. Sie hatte ja keine Ahnung! Erst als ich sie endlich losließ, und ihr Kopf hing über die Bettkante hinunter, und sie machte die Augen zu, wußte ich: Jetzt denkt sie an ihn. Aber wir dachten beide an ihn.

Natürlich stand er schon am Dienstag abend wieder vor der Tür. Ich entschuldigte mich, ich sei gerade auf dem Weg, um meine Frau abzuholen, von ihrem Abendkurs. Daran war natürlich kein wahres Wort. Sie lag im Bett und wartete auf mich. Wäre er fünf Minuten später gekommen, dann wäre ich nicht mehr zur Tür gegangen. Wir stiegen miteinander die Treppe hinunter. Ich habe gewartet, bis wir zwei Stockwerke tiefer waren. Dann habe ich ihn hinuntergeworfen. Es war ganz leicht. Ich gab ihm einen Schubs, das war alles. Er war ja völlig ahnungslos. Er hat nicht einmal geschrien. Nur der Aufprall machte einen Höllenlärm. Ich dachte, das ganze Haus würde zusammenlaufen, aber es rührte sich nichts. Ich habe nicht einmal nachgesehen, ob er sich das Genick gebrochen hat.

Ich hatte von Anfang an das Gefühl, daß mir gar nichts passieren kann. Hier im Haus kannte ihn ja niemand. Bei uns war er nur zweimal gewesen, nein, dreimal, und ich glaube kaum, daß ihn jemand gesehen hat. Und in der Firma hatte ich nichts mit ihm zu tun. Natürlich, im ›Tatort‹ gibt es immer einen Kommissar, der alles herausbringt. Es soll ja auch alle möglichen Tests geben. Aber wer kümmert sich schon um so einen Baierlein!

Ich ging einfach in unsere Wohnung zurück und legte mich zu meiner Frau ins Bett. Sie war schon ganz ungeduldig. Genau in dem Moment, wo ich wußte, gleich wird sie schreien – eigentlich ist es gar kein Schreien, sondern eine Art Hecheln, als ob sie heiser wäre –, hörte ich auf der Straße die Sirenen der Ambulanz.

Die Turnstunde

Sie sind urlaubsreif, Frau Dr. Werner, hat der Direktor gesagt, und dann hat er mir vorgeschlagen, eine Kur zu machen. So etwas kann jedem von uns passieren, Sie müssen das nicht so schwer nehmen. Aber ich habe ihm natürlich nur die Hälfte erzählt. Das hätte noch gefehlt, daß ich mir ihm gegenüber eine Blöße gebe. Und auf seine guten Ratschläge kann ich ohnehin verzichten. Daß ich den Schülern gegenüber zu nachgiebig wäre, kann mir niemand nachsagen. Von antiautoritärer Erziehung habe ich nie etwas gehalten. Neuerdings heißt es, diese Phase wäre vorbei und die Jugend werde zusehends pflichtbewußter. Ich weiß nicht, wer dieses Gerücht aufgebracht hat. Ich habe nichts davon gemerkt. Es ist immer dasselbe. Wahrscheinlich habe ich den falschen Beruf gewählt. Ich hasse die Schule, ich hasse die Schüler, und ich hasse den Sport. Ich hatte die sogenannte Leibeserziehung ursprünglich nur als Nebenfach gewählt, um durch die Prüfung zu kommen. Ich hätte nie gedacht, daß man mir drei Klassen im Sportunterricht aufhalsen würde.

Allein schon der Lärm in der Turnhalle macht mich ganz krank, ganz zu schweigen von dem Schweißgeruch in den Umkleideräumen. Mit der 7b habe ich es von Anfang an schwergehabt. Diese Zwölfjährigen sind einfach unerträglich. Ich frage mich, wann sich diese Kerle eigentlich waschen. Im

Sommer geht es noch, da lasse ich sie im Freien spielen. Aber mit Handball allein komme ich nicht über die Runden. Besonders im Winter bleibt mir die Turnhalle nicht erspart. Dann habe ich es jedesmal mit einer Horde von Besessenen zu tun. Mein Problem ist es nicht, die Jungs anzutreiben, sondern sie zu bremsen. Disziplin, alles eine Frage der Disziplin, sagt der Direktor. Er hat gut reden in seinem Büro. Ich möchte sein Gesicht sehen, wenn sie vor seinem Schreibtisch herumtoben würden wie die Derwische. Angst und bange würde ihm werden bei diesem hemmungslosen Geschrei. Ich jedenfalls bin jedesmal heilfroh, wenn ich es hinter mir habe und wenn ich in der leeren Turnhalle einen Augenblick lang verschnaufen kann.

So war es auch an diesem Dienstag vor Weihnachten. Ich stand am Fenster und sah hinaus auf den nassen Schnee im Hof, da hörte ich den dumpfen Aufprall eines Medizinballs hinter mir. Ich wandte mich um und sah zwei von ihnen, Heller und Morlock. Sie waren aus der Garderobe in die Halle zurückgekehrt und hatten den großen Ball mitgebracht, um den sie sich balgten. Zuerst beachteten sie mich nicht, aber noch bevor ich sie zurechtweisen konnte, sahen sie zu mir herüber, lachten und rannten hinaus in den Korridor.

Ich wollte ihnen folgen und die Halle absperren, aber ich war noch nicht bis zur Tür gekommen, da traten sie wieder ein. Im Handumdrehen hatten sie die Tür von innen verschlossen und sich davor postiert. Morlock, der Kleinere, zog den Schlüssel ab und hielt ihn grinsend in die Höhe. Was soll das, rief ich. Gib sofort den Schlüssel her! Ich drohte ihnen sogar Ohrfeigen an, obwohl man heute als Lehrer in Teufels Küche kommen kann, wenn man sich wehrt. Blitzschnell traten sie auf mich zu, ich stand ja nur ein paar Schritte vor ihnen, und hakten sich bei mir ein, der eine links, der andere rechts. Sie waren ja viel kleiner als ich, aber gut trainiert und erstaunlich kräftig, und sie hielten mich derart fest, daß ich mich kaum rühren konnte. Ich war so verblüfft, daß ich kein Wort hervorbrachte.

Dann griff mir Heller, der größere von den beiden, in die Trainingshose. Ich spürte seine Hand, die sich wie ein kleines Tier in die Naht meiner Strumpfhose wühlte. Ich muß vor Entsetzen geschrien haben, denn ich hörte Morlock neben mir sagen: Sie hat keine Lust. Heller lachte und antwortete: Das macht nichts. Es geht auch ohne sie.

Dann haben sie mich losgelassen. Sie sprangen davon und ließen sich in der Mitte der Halle auf die Matten fallen, die dort ausgelegt waren. Auf dem Rücken liegend, zogen sie strampelnd ihre Shorts aus und balgten sich auf der Matte. Ich stand immer noch an der Tür, zu Tode erschrocken, und sah auf dieses Knäuel von braunen Armen und Beinen. Sie rauften und knurrten wie zwei Straßenköter, halb im Spiel und halb im Ernst. Dann sah es so aus, als gewinne der eine – ich glaube, daß es Morlock war – die Oberhand; er griff nach dem Geschlecht des andern und umschloß es mit seiner schmutzigen kleinen Faust. Da gab der Größere sein Zappeln auf und streckte sich auf der Matte aus. Tatsächlich war es Heller. Ich mußte mit ansehen, wie sein schrumpliges Glied im Nu hart wurde. Die Spitze war rot, wie bei einem Hund. Morlock warf sich, ohne ihn loszulassen, vor ihm auf die Matte, und der andere, also Heller, ich konnte deutlich sein blondes Haar erkennen, nahm den Mund zu Hilfe. Ich sah hilflos zu, wie sie sich auf dem Boden krümmten.

Endlich riß ich mich los. Ich hämmerte gegen die Tür und rief nach dem Hausmeister, aber zugleich kam ich mir lächerlich vor, denn ich wußte genau, daß mich niemand hören würde. Sie waren jetzt beide ganz entfesselt und beachteten mich überhaupt nicht. Ich tat einen Schritt auf sie zu. Ich war so aufgebracht, daß ich Lust hatte, blindlings auf sie einzuschlagen. Während ich die leere Halle nach irgendeiner Waffe absuchte, einem Stock, einem Seil, irgendeinem Gegenstand, bemerkte ich, daß Heller sich auf den Rücken gewälzt hatte und dem andern sein Hinterteil zuwandte, die Knie hingen über Morlocks Schultern, der vor ihm kniete und zustieß. Das schlimmste aber war, daß Morlock, dieses Schwein, mir direkt ins Gesicht blickte, als hätte er es auf mich abgesehen, und dabei sprachen sie miteinander, in einem Ton, als ginge es um ein Handballspiel, mit einer fürchterlichen Unbefangenheit. Gleich bin ich soweit, rief der eine. Noch nicht, antwortete der andere. Mach schon, und andere Dinge, die ich nicht wiederholen kann, und dabei hielt dieser Teufel von Morlock seine braunen Augen immer auf mich gerichtet.

Eine ohnmächtige Wut erfüllte mich, der Ekel faßte mich an der Kehle, und zugleich spürte ich noch etwas anderes, das sich nicht beschreiben läßt. Es macht ihr Spaß, keuchte Morlock, ich sehe es ihr an, wenn du wüßtest, wo sie ihre Hand hat – ich riß meine Hand in die Höhe, als er das sagte, ohne seine unverschämten braunen Hundeaugen von mir abzuwenden, und in diesem Augenblick sah ich das Glied des andern und den langen Strahl, mit dem er Morlock und sich selbst und die dunkle Matte befleckte. Dann sprangen sie auf, wie nach irgendeiner gelungenen Übung, tänzelten wie zwei trainierende Läufer herum und kamen dann wieder auf mich zu. Ich stand, völlig erschöpft, an die Wand gelehnt, und sie, die mir kaum bis zum Kinn reichten, legten mir die Hand auf die Schulter und redeten auf mich ein, als wollten sie mich trösten. Nicht böse sein, sagte Heller. Sie wollten ja nicht! murmelte Morlock. Wir haben es doch nur Ihnen zuliebe getan, Frau Dr. Werner!

Ich hätte sie ohrfeigen können. Aber ich hatte nicht einmal mehr genug Kraft, um sie zurechtzuweisen. Ich stand einfach da und sah auf den Fußboden, während sie halblaut auf mich einredeten. Dann gaben sie es auf, gleichsam achselzuckend, so, als ob ich ein hoffnungsloser Fall wäre. Sie fühlten sich unverstanden! Wortlos zogen sie ihre Hosen an, Heller bückte sich nach dem Schlüssel, der auf der Matte lag, und schloß die Tür wieder auf. Während sich die beiden davontrollten und ich mir das Gesicht rieb – ich fühlte mich ganz zerschlagen –, fiel mein Blick auf den Schulhof draußen vor dem Fenster, und ich sah den Hausmeister. Er stand da, die Ellbogen auf den Fenstersims gelehnt, das Kinn auf seinen Handrücken gestützt, und starrte mich an.

Seitdem fürchte ich mich vor dem Unterricht. Der Direktor meint es sicherlich gut mit seinen Ratschlägen, aber ich brauche keine Kur. Ich kann nur die Vorstellung nicht ertragen, daß ich aus den Ferien zurückkomme, und alles wird so sein wie heute: die abgehackten Schreie dieser Ungeheuer, die sich auf dem Boden raufen und auf der Matte wälzen, Hellers blonde Locken, der lauernde Blick des Hausmeisters, vor allem aber dieser Morlock, der mich wieder ansehen wird mit seinen tierischen braunen Augen. Ich will nie wieder einen Fuß in die Schule setzen, das ist alles.

Die Fundsache

Erst nach dem Mittagessen fand ich das Kuvert. Bei dem Versuch, die überflüssigen Tütchen und Folien loszuwerden, in welche die Fluggesellschaften alles und jedes einzuschweißen pflegen, so daß sich der knisternde Müll auf dem Teller häuft, bemerkte ich in der Tasche vor mir, halb hinter einer japanischen Zeitung versteckt, diesen Umschlag aus grauem Karton. Er trug keine Adresse, und er war unverschlossen. Der Inhalt bestand aus zehn Blättern Reispapier, die mit einer pedantischen Handschrift bedeckt waren.

Ich war erst in Madrid zugestiegen. Offenbar hatte dort ein japanischer Passagier die Maschine verlassen, und dies war seine Hinterlassenschaft. Ich gab meinen Fund in Amsterdam ab. Die Angestellte, die ihn entgegennahm, bestand darauf, meinen Namen und meine Adresse zu notieren, obwohl ich nicht einsah, wozu sie diese Information brauchte.

Nach drei Wochen fand ich die japanische Handschrift in meinem Briefkasten wieder, begleitet von ein paar höflichen Zeilen der Fluggesellschaft. Man habe den Eigentümer des Kuverts nicht ermitteln können und erlaube sich daher, mir die Fundsache zuzustellen. Ich legte den Brief beiseite und vergaß ihn. Einen Monat später lernte ich einen Linguisten aus Osaka kennen, der ein Forschungssemester in Europa verbrachte. Die Geschichte mit dem Kuvert fiel mir wieder ein. Ich suchte die Aufzeichnungen des Unbekannten hervor und fragte meinen Gast, ob er einen Blick darauf werfen wolle. Er nahm die Blätter zur Hand und erbleichte. Meine Fragen beantwortete er mit nervösen Ausflüchten. Daraufhin beschloß ich, mich an ein Übersetzerbüro zu wenden. Ich wollte wissen, was sich hinter meinem Zufallsfund verbarg. Nach einer Woche rief mich der Besitzer der Agentur an und erklärte mir, die beiden Japaner, die er beschäftigte, hätten sich geweigert, den Text zu übersetzen. Nach einigem Suchen fand er eine Person, die, unter der Bedingung, daß er ihr absolute Anonymität zusicherte, bereit war, den Auftrag zu übernehmen. Als er mir die Arbeit endlich übersandte, mußte ich feststellen, daß der unbekannte Übersetzer einige Schriftzeichen, so wie sie waren, übernommen hatte; er hatte es abgelehnt, sie zu übertragen.

Die Überschrift lautete: Reisebericht Seiner Magnifizenz Y. K., Professor an der Universität von S., an die Auswärtige Kommission der Fakultät. Hier folgt die Übersetzung des Manuskripts: Ich bitte meine sehr verehrten Herren Kollegen, die ungewöhnliche Form meines Berichtes gütigst entschuldigen zu wollen. Sie ist durch den Umstand verschuldet, daß meine Erlebnisse, oder vielleicht sollte ich lieber sagen: mein Erlebnis in Europa ungewöhnlich war. Über meinen Vortrag in Hamburg habe ich wenig zu sagen; ich lege diesem Bericht eine Kopie davon bei. (Eine solche Kopie hat sich nicht gefunden.) Die fachlichen Ergebnisse meiner

Reise können den Zustand, in dem ich mich befinde, nicht erklären. Ich muß deshalb auf die Umstände meines Vortragsabends und auf seine Folgen näher eingehen.

Die Veranstalter hatten es versäumt, mir ein Glas Wasser aufs Pult zu stellen. Ich hatte kaum zu sprechen begonnen, als ich fühlte, daß mein Mund ganz ausgetrocknet war. Daran mag die Angst schuld sein, mit der ich zu kämpfen habe, wenn ich, besonders im Ausland, öffentlich sprechen muß. Vor den rosigen Gesichtern, die mich ansahen, kam ich mir verloren vor. Europäer erscheinen mir in solchen Situationen immer riesig. Auch mißtraute ich meinen Sprachkenntnissen, vor allem meiner Aussprache, die, wie ich feststellen mußte, sehr undeutlich war. Ich fürchtete, in ein unwürdiges Stottern zu verfallen, und mein Vorhaben stellte sich mir im Lichte des Lächerlichen dar. Fünftausend Kilometer weit zu reisen, um vor diesen Ausländern über ›Einige Aspekte des japanischen Wachstumsdenkens‹ zu sprechen, schien mir abwegig.

Ich war also froh, als ich an das Ende meiner Ausführungen gelangt war, und überrascht, als die fast dreihundert Zuhörer, wie nach einem Konzert, Beifall klatschten. Meine Gastgeber kamen auf mich zu, um mir die Hand zu schütteln. Ich war zu verwirrt, um ihnen mit der nötigen Gelassenheit zu antworten. Auch einige Studenten und Studentinnen waren nach vorn gekommen. Sie stellten sich vor, doch ich konnte ihre Namen nicht verstehen und antwortete murmelnd auf ihre Fragen, während ich in ihre weit aufgerissenen Augen starrte.

Hierzu muß ich bemerken, daß mich Europäerinnen noch mehr erschrecken als ihre männlichen Pendants. Sie unterscheiden sich, nach meiner Ansicht, äußerst unvorteilhaft von den grazilen Frauen unserer Rasse. Ihr Auftreten ist grobschlächtig, sie sind schwerknochig und fleischig, und ihre großen Brüste machen einen furchterregenden Eindruck. Diese Eigentümlichkeiten fielen mir auch an zwei Studentinnen auf, die mich nach einigen Besonderheiten unseres Außenhandels fragten. Die eine, eine milchige Blondine, hielt mir die englische Ausgabe meines letzten Buches zum Signieren hin, und sie kam mir so nahe, daß ich ihren durchdringenden Geruch spürte. Zugleich sprach ihre Freundin auf mich ein, die etwas kleiner, wenn auch immer noch allzu groß und sehnig war und mich mit ihren beweglichen schwarzen Augen ungeniert musterte. Ich verlor diese beiden Personen bald aus dem Blick. Meine Gastgeber führten mich, breitschultrig und mit dröhnenden Stimmen, in eine Weinstube ab, als wären sie Polizisten. Von Ökonomie war von nun an keine Rede mehr. Die ausländischen Kollegen ergingen sich vielmehr in Scherzen, die mir unangebracht erschienen und die ich mit Stillschweigen überging. Sie tranken mir unausgesetzt zu. Das ungewohnte Getränk, die Hitze, die in dem Lokal herrschte, die Erleichterung darüber, daß ich meinen Auftritt überstanden hatte, das Stimmengewirr und die fremdartige Musik versetzten mich in einen

Zustand, in dem sich Müdigkeit und Erregung wechselseitig steigerten, und ich verlor jedes Zeitgefühl.

Endlich traf man Anstalten, die Weinstube zu schließen, und ich fand mich allein in einem Taxi wieder, das mich durch leere, schneebedeckte Straßen ins Hotel brachte. Ein schläfriger Nachtportier öffnete mir. Er war offenbar betrunken, und als er auf mich einredete, hatte ich Mühe, ihn zu verstehen. Es wird schon gewartet: so oder so ähnlich drückte er sich aus. Dabei zeigte er mit dem Daumen nach oben und schnitt eine Grimasse, die ich mir nicht deuten konnte. Ich nahm wortlos den Aufzug. Ich glaubte auf alles gefaßt zu sein, einen Diebstahl oder eine Beleidigung. Aber vielleicht, dachte ich, waren es nur die Sitten, die im Ausland herrschten und mit denen ich nicht vertraut war. Mit diesem Gedanken versuchte ich mich zu beruhigen.

Meine Zimmertür war unverschlossen. Ich trat ein und horchte. Als ich nach dem Lichtschalter tastete, glaubte ich aus dem Dunkel ein unterdrücktes Kichern zu hören. Zugleich spürte ich ein parfümiertes Tuch auf dem Gesicht. Leider muß ich zugeben, daß ich in diesem Augenblick die Nerven verlor. Ich versuchte zu rufen, aber ich erreichte damit nur, daß mir eine unsichtbare Hand das Tuch in den Mund stopfte. Ich hatte das Gefühl, daß noch eine dritte Person im Zimmer war. Tatsächlich riß mir jemand von hinten die Jacke von den Schultern, ohne sie abzustreifen, so daß ich meine Arme nicht mehr frei bewegen konnte. Ich erriet, daß die beiden Einbrecher Frauen waren, und es überraschte mich nicht, daß ich von neuem, und nun ganz deutlich, ihr Kichern hörte. Sie brauchen keine Angst zu haben, Herr Professor, flüsterte mir die eine, die mich an den Schultern festhielt, ins Ohr. Die andere nahm mir die Jacke ab. Dann spürte ich, wie mir halb gewaltsam, halb – wie soll ich das beschreiben? – halb kitzelnd die Hände zusammengebunden wurden. In diesem Moment, das weiß ich wohl, hätte ich handeln, mich befreien müssen. Zu meiner Entschuldigung kann ich nur anführen, daß ich überrumpelt worden bin. Die beiden Frauen lachten.

Ist er nicht niedlich? fragte die eine. So, jetzt ist es aber Zeit fürs Bettchen, sagte die andere. Dann versetzte sie mir einen leichten Stoß. Ich verlor das Gleichgewicht und fiel rücklings auf das Bett. Zwei Hände hinderten mich bei dem Versuch, mich aufzurichten. Zugleich bemerkte ich, daß man mir die Schuhe auszog und daß sich auf meinen Kleidern eine Hand vortastete. Ihr Griff war sachlich, als handle es sich darum, ein Stück Obst zu prüfen. Du wirst sehen, wie winzig er ist! sagte eine träge Stimme am Fußende des Bettes. Still, sagte die andere, erschreck ihn nicht! Warum nicht, fragte die andere mit einem Lachen. Ich fühlte ihre Finger, die meine Kleider öffneten. Ich war außerstande, mich zu rühren.

Die beiden Frauen unterhielten sich über ihre Wahrnehmungen, als wären sie allein. Du hast recht, sagte die eine. Er fühlt sich sehr klein an. Vielleicht ist es nur die Angst, sagte die andere. Er hat nämlich Angst, der Arme. Wir werden ihn schon beruhigen, erwiderte die andere, die mit der dunkleren, trägen Stimme. Plötzlich wußte ich, wer die beiden Eindringlinge waren. Der Geruch der einen, die sich über mich beugte, traf mich wie ein Schwall heißer Luft. Es war die Blondine aus dem Vortragssaal, und die andere, die neben mir saß und mich festhielt, muß ihre Freundin gewesen sein, das Mädchen mit der Stupsnase und den zudringlichen Augen.

Lassen Sie mich los, rief ich, aber es wurde nur ein Husten daraus, weil mich das Tuch, das ich im Mund hatte, am Reden hinderte; außerdem hatte ich japanisch gesprochen. Ich stieß wütend mit den Füßen nach der Person, die auf dem Bett kniete. Ah, jetzt wird er stürmisch, sagte die Blonde. Er strampelt schon ganz kräftig.

Sie legte sich auf mich, und ich fühlte, wie sie ihre abscheulichen weichen Brüste auf mein Gesicht preßte. Ich fürchtete zu ersticken. Vielleicht hat er Hunger, hörte ich die andere sagen. Das Tuch wurde mir aus dem Mund gezogen. Zwei Finger hielten mir die Nase zu, so daß ich nach Atem rang. Dann drückte mir die Blonde ihre Brust auf die Lippen. Ich stöhnte. In einer Art von Reflexbewegung begann ich zu saugen. Ein warmer, tierischer Geruch umgab mich. Ich schluckte. Er ist ganz brav, hörte ich die Blonde sagen. Ihre Stimme dröhnte in meinem Kopf. Der Geschmack in meinem Mund war unerträglich. Ich bekam keine Luft mehr. Au, schrie die Person, die sich auf mir wälzte. Er beißt, der kleine Schmutzfink!

Sie ließ mich los. Warum machst du kein Licht, fragte die andere. Dann flammte die Nachttischlampe auf, und ich sah die Blonde neben mir auf dem Bett sitzen, nackt, mit aufgelösten Haaren, den breiten Rücken mit den tiefen Grübchen mir zugewandt; sie massierte mit beiden Händen ihre Brüste. Die andere stand vor mir. Sie hatte nur ein dünnes Nachthemd an. Zieh ihm doch das Höschen aus, sagte die Riesin. Die Schwarzhaarige gehorchte. Obwohl das Zimmer überheizt war, fröstelte ich, und ich spürte auf der bloßen Haut die Rippen eines Gummituchs, das über der Bettdecke lag. Die beiden starrten mich mit einem Interesse an, das zugleich sachlich und gerührt war. Es war nicht mein Gesicht, was sie beschäftigte.

(An dieser Stelle möchte ich diejenigen unter meinen hochverehrten Kollegen um Verzeihung bitten, die von meiner Seite einen Sprachgebrauch erwarten, der meinem Amt und meiner Stellung entspricht. Nach reiflicher Überlegung habe ich mich entschlossen, von diesem Sprachgebrauch abzuweichen, weil ich der Ansicht bin, daß ein vertraulicher Bericht, wenn er seinen Zweck erfüllen soll, vor allem exakt sein muß; andernfalls könnte sich die Fakultät von meinen Erfahrungen im Ausland kein zutreffendes Bild machen.)

Die beiden Europäerinnen also blickten nicht auf mein Gesicht, sondern auf meinen 陰莖. Hätte ich mir gelber vorgestellt, sagte die Blonde. Ich finde ihn süß, sagte die andere. Sieh mal, er hat sogar schon Haare! Ich spürte zu meinem Ärger, wie sich mein 陰茎 unter ihren Fingern langsam erhob. Aha, riefen die beiden lachend. Ich war außer mir vor Wut, richtete mich auf und brüllte. Willst du wohl still sein, du Racker! rief die eine und hielt meine Fäuste fest. Das werden wir gleich haben, sagte die andere, die Blondine. Sie setzte sich auf das Kopfende des Bettes, so daß ich sie aus dem Gesichtsfeld verlor. Ihre fleischigen weißen Füße nisteten sich in meinen Achselhöhlen ein. Dann, ohne jede Warnung, erschien vor meinen Augen ihr großer milchiger 尻. Ich glaubte ohnmächtig zu werden, so stark war ihr Geruch. Sie zeigte mir ihre schwellende, von aschblonden Haaren umgebene 膣 und darüber ihr kakaofarbenes 肛門. Sehr langsam, mit einem Seufzer der Befriedigung, ließ sie sich auf mich nieder. Ich öffnete den Mund, um Luft zu holen, aber sofort verschloß sie mir mit ihrer weichen 膣 die Lippen. Jetzt kannst du ihn waschen, sagte sie. Ich hörte, wie die andere ins Badezimmer ging und das Wasser laufen ließ. Dann kam sie wieder. Ihre geschickten Finger machten sich an meinem 陰茎 zu schaffen. Ich schrak unter dem kalten, nassen Lappen zusammen. So, mein kleiner Schmutzfink, sagte sie. Die Situation war so erniedrigend für mich, daß ich die Beherrschung verlor. Ich gab der einen ein paar kräftige Fußtritte und biß die andere kräftig in ihre 膣. Es gelang mir, die beiden Ungeheuer für einen Augenblick abzuschütteln, aber sogleich fielen sie wieder über mich her. Was fällt dir ein, rief die eine. Sie war aufgesprungen und sah mich aus ihren funkelnden schwarzen Augen an. Dieser miese Zwerg hat mich gebissen, sagte die Blondine. Er braucht eine Tracht Prügel, rief die andere. Sie warfen mich auf den Bauch und schlugen auf mich ein. Nein, schrie ich, nein! – immer noch in meiner eigenen Sprache, aber sie kümmerten sich nicht darum, und ich spürte ihre Schläge auf meinem Rücken, auf den Kniekehlen, auf dem 尻. Willst du wohl endlich still sein, riefen sie beide. Ich war erschöpft und gab nach. Na also, sagte die Blonde. Jetzt können wir ihn wieder umdrehen. Gib ihm den Schnuller! Die andere steckte mir einen Gegenstand aus Gummi in den Mund. Ich lag da und rührte mich nicht. Jetzt war es die kleinere, die sich auf mich setzte; das Gesicht mir zugewandt, thronte sie auf meiner Brust, und meine Arme hielt sie mit den Knien wie in einem Schraubstock fest. Hinter ihr fragte die andere: Hast du ihn? Ja, sagte die Person, die auf mir saß, und ich spürte, wie mich das drahtige Haar ihrer 膣 auf der Brust kratzte. Er ist jetzt ganz brav.

Die Blonde konnte ich nicht mehr sehen, aber ihre weichen Finger faßten meinen 陰莖 an der Wurzel und schoben sich mit kleinen Griffen bis zur Spitze voran. Ich konnte ihre Nägel fühlen, und es schien mir, als hätte sie die Fingerspitzen angefeuchtet. Du hast recht gehabt, sagte sie mit ihrer trägen Stimme, er ist doch eine Art Abwechslung. Er macht sich. Gleich wird er sich nicht mehr halten können. Der erste Tropfen ist schon da. Sie strich mit der Zungenspitze über meinen 陰莖. Ihre Zunge war sanft wie Butter, ohne jede Rauheit. Er schmeckt komisch, sagte sie, aber nicht schlecht. Ein bißchen wie bittere Mandeln. Ich begann unwillkürlich, mich zu bewegen. Ich konnte nicht mehr. Ich war nahe daran, zu explodieren. Ich spürte die schlüpfrigen Rippen des Gaumens an meinem 陰莖. Ein Gefühl des Unvermeidlichen ergriff mich. Ich kapitulierte. Ja, rief ich, ja! Mit diesem schrecklichen Schrei verlor ich alles auf einmal. Ich schloß die Augen und rührte mich nicht mehr.

Die beiden Monster ließen von mir ab. In einer Art Halbschlaf hörte ich, wie sie sich unterhielten. Sie rauchten, tuschelten halblaut, kicherten miteinander. Dann sah ich mit halbgeöffneten Augen, wie sie sich über mich beugten. Jetzt muß unser kleiner Liebling aber schlafen, sagte die eine. Die andere, es war wieder die abscheuliche Blondine, griff mir unter die Beine. Er hat sich naß gemacht, sagte sie. Wir müssen ihn noch pudern und wickeln. Ich war so müde, daß ich mich nicht wehrte. Während sie sich an mir zu schaffen machten, muß ich eingeschlafen sein.

Unter den hier dargelegten Umständen werden meine hochverehrten Kollegen es verstehen, wenn ich Sie bitte, mich von all meinen Ämtern zu entheben, da ich zweifellos nicht mehr würdig bin, die Blüte der japanischen Jugend in der Wissenschaft der Ökonomie zu unterrichten. Nach den Erniedrigungen, denen ich auf meiner Auslandsreise ausgesetzt war, kann ich Ihnen nicht mehr unter die Augen treten. Wenn Sie, meine hochverehrten Kollegen von der Fakultät, diesen Bericht lesen, werde ich mich in einem Hamburger Hotelzimmer, das ich kaum mehr verlasse, der Erinnerung an jene Erlebnisse überlassen, die mich entehrt und entzückt haben und zu deren Mitwissern Sie, meine Herren von der Fakultät, soeben geworden sind.

Über gewisse Dinge spricht man nicht. Ich bin jedenfalls so erzogen worden. Aber vielleicht haben Sie recht, vielleicht sollte man von jeder Regel eine Ausnahme machen. Sie müssen mir nur eines versprechen: Elvira darf nichts davon erfahren. Sie ist sehr eigensinnig, müssen Sie wissen, und wenn sie erführe, daß ich meine kleinen Sünden gebeichtet habe, noch dazu einer Fremden – ich bin sicher, sie würde das als Verrat betrachten, obwohl es schließlich nicht ich war, die den Stein ins Rollen gebracht hat. Aber vielleicht ist sie gerade deshalb so empfindlich. In meinem Alter sieht man manches etwas gelassener. Ich hoffe nur, Sie werden nicht schokkiert sein.

Dabei hat die ganze Geschichte ziemlich banal angefangen. Ich bin früher immer allein verreist. Mein Mann ist schon früh gestorben. Das ist jetzt, lassen Sie mich nachrechnen, ja, es ist schon sechzehn Jahre her. Ich war es gewohnt, allein im Restaurant zu sitzen, ich machte mir nichts daraus, daß hie und da der Kellner die Augenbrauen hob, und ich wurde auch mit den alleinstehenden älteren Herren fertig, die es nicht lassen konnten, mich anzusprechen, im Casino oder am Strand.

Um so überraschter war ich, als mich, in dem abgelegenen Hotel an der Nordküste von Sardinien, wo ich jeden Sommer Urlaub mache, diese junge

Person ansprach. Ich schätzte sie auf Anfang Zwanzig, gute Manieren, sehr schlank. Offenbar war sie ebenfalls allein – eine ungewöhnliche Erscheinung, denn normalerweise halten es jüngere Leute an so einem Ort nicht ohne ihresgleichen aus. Vielleicht, dachte ich, hat sie sich mit ihrem Freund überworfen, oder sie arbeitet für eine Fluggesellschaft. Etwas in der Art. Sie fragte mich einfach, ob ich etwas dagegen hätte, wenn sie an meinem Tisch Platz nähme. Wir unterhielten uns über Belanglosigkeiten, den Service im Hotel, die Eigentümlichkeiten der Insel und ihrer Leute, lauter unverbindliche Dinge. Dann, beim Nachtisch, erzählte sie mir, daß sie Tennis spiele, wenn auch nicht besonders gut. Sie habe keinen Partner gefunden. Die jungen Männer auf dem Platz, sagte sie und lachte ein wenig dabei, seien ihr lästig. Die Eitelkeit der Italiener ginge ihr auf die Nerven. Außerdem seien sie wie die Kletten. Nun müssen Sie wissen, daß ich früher viel gespielt habe, wenn ich auch im Lauf der Zeit etwas aus der Übung gekommen bin. Wenn Sie mit mir vorlieb nehmen wollen, sagte ich ... Sie schien begeistert zu sein. Wir verabredeten uns für den nächsten Morgen auf dem Platz.

Ich war pünktlich zur Stelle – ich bin immer pünktlich. Zuerst dachte ich, sie hätte sich verspätet, aber als sie nach einer Viertelstunde immer noch nicht aufgetaucht war, wurde ich ärgerlich. Ich hatte keine Lust zu schwimmen und fuhr nach Alghero, um ein paar Sachen einzukaufen. Als ich ins Hotel zurückkam, war es schon Abend. Ich ging gleich ins

Restaurant. Ich erinnere mich, daß ich sehr hungrig war. Wie immer setzte ich mich an meinen Tisch am Fenster und las die Zeitung, die ich mitgebracht hatte. Es dauerte nur ein paar Minuten, da tauchte sie wieder auf, genau wie am Abend zuvor. Sie trug eine große, bläuliche Muschel in der Hand, die sie vor mir auf das Tischtuch legte. Sie entschuldigte sich ganz reizend. Die Muschel ist für Sie, sagte sie. Ich habe unsere Verabredung ganz einfach verschlafen. Es war unmöglich, ihr böse zu sein, und wir unterhielten uns glänzend. Ich weiß nicht mehr, worüber wir sprachen. Sie wirkte ausgelassen, und es fiel mir auf, daß sie mehr trank als am ersten Tag. Ihre Augen – sie hatte sehr dunkle, lebhafte Augen – glänzten, und wir blieben ziemlich lange sitzen, bis ich merkte, daß wir die letzten waren. Schlafen Sie immer so lange? fragte ich sie zum Abschied. Nein, erwiderte sie ernsthaft. Ich wagte nur nicht, Sie noch einmal zu fragen. Dann also morgen um die gleiche Zeit, sagte ich. Diesmal werde ich vor Ihnen da sein, versprach sie.

Aber als ich am andern Morgen, kurz nach neun, auf den Platz kam, war sie wieder nicht zur Stelle. Diesmal war ich geradezu wütend. Ein junger Engländer sprach mich an, aber ich hatte keine Lust mehr zu spielen. Ich ging auf mein Zimmer zurück, legte mich aufs Bett und versuchte ›Nightwood‹ von Djuna Barnes weiterzulesen, ein Buch, das ich mir mitgenommen hatte. Aber ich konnte mich nicht darauf konzentrieren, und die dunklen Sätze des Doktor O'Connor gingen mir auf die Nerven. Ich konnte seine ausschweifende Rhetorik nicht ertragen. Ich bin dann noch einmal eingeschlafen, und als ich erwachte, war es ein Uhr mittags. Ich hatte keinen Appetit. Das Mädchen fiel mir wieder ein, und ich wunderte mich, daß ich noch immer zornig auf sie war. Sie hatte mir den ganzen Tag verdorben.

Ich streifte meinen Badeanzug über, warf den Frotteemantel um und ging hinunter zum Strand. Es gab da eine Stelle, ein paar Minuten entfernt, wo die Felsen eine kleine Bucht bildeten und wo man nie einen Menschen traf. Dort pflegte ich zu baden. Auch diesmal war der Ort leer. Die Hotelgäste waren beim Lunch. Ich legte mich auf meinen Mantel und schloß die Augen.

Plötzlich stand sie vor mir, direkt in der Sonne, in einem winzigen Bikini, und ohne die Miene zu verziehen sagte sie: Ich habe von Ihnen geträumt.

Für meine Reaktion gibt es keine Entschuldigung. Gut, sie hatte mich zweimal hintereinander versetzt. Aber das ist doch keine Erklärung! Es ist ja nicht so, daß ich mit vulgären Redensarten um mich werfe, sobald mich jemand ärgert. Was diesen Ausdruck betrifft, so bin ich überzeugt davon, daß er mir nie zuvor über die Lippen gekommen ist, schon ganz und gar nicht aus einem so nichtigen Anlaß.

Ich hörte mich also selber sagen, laut und deutlich: Sie können mich am Arsch lecken.

Sie zuckte nicht mit der Wimper. In ihrem Engelsgesicht regte sich nichts. Sie hielt ihre großen schwarzen Augen auf mich geheftet. Dann ließ sie sich, ohne ein Wort zu sagen, neben mir nieder und beugte sich über mich. Ich war verwirrt, ich wollte mich entschuldigen, der Satz lag mir auf der Zunge, aber ich brachte kein Wort heraus. Ich sah sie einfach an.

Sie strich mir über die Schultern. Ich spürte ihre Fingernägel auf meinem Badeanzug. Sie drehte mich sanft zur Seite und zog mir den Stoff vom Leib. Ihre Hände waren an meinen Kniekehlen, ihre Brüste an meinem Rücken, ich glaube, sie hat mich ganz leicht gebissen. Ihr Mund wanderte über meine Rückenwirbel, immer tiefer. Ich lag da und rührte mich nicht. Woher diese Widerstandslosigkeit? Das sieht mir nicht ähnlich, dachte ich noch; es war das letzte, was ich dachte. Sie hat mich nicht festgehalten. Das war auch nicht nötig.

Ich schloß die Augen und sah ihre Zunge vor mir. Beim Abendessen, am ersten Abend, hatte es Himbeeren gegeben, und jetzt, zwei Tage später, fiel mir wieder ein – ich hatte gar nicht darauf geachtet –, wie sie die Beeren mit der Zunge vom Löffel geholt hatte, mit einer Gier, die mir kindlich erschienen war, so ernst hat sie dabei ausgesehen. Ich sah sie vor mir, diese spitze, kleine, feuchte Zunge, fast so dunkel wie die Himbeeren, und da war sie auch schon, am hellen Tag, ich konnte das Meer rollen hören, zielbewußt suchte sie, ohne Umschweife, eine Stelle, von der noch niemand Notiz genommen hatte, nicht einmal mein Mann – der schon gar nicht –, und sie tat genau das, was ich von ihr verlangt hatte.

Sie kam und ging, stieß vor, hielt inne, zog sich

zurück, kehrte wieder, sie dehnte sich aus, wölbte sich, sie glitt und glitt, ja, sie züngelte. Gottseidank gibt es dieses Wort. Ich hatte keine Ahnung, daß so etwas möglich war. Es war die reinste Erleuchtung, ja, ich kann es nicht anders nennen, ich half ihr, ich kam ihr entgegen, ich öffnete mich, ich schloß mich, und dann fühlte ich etwas, von dem ich immer nur gehört hatte, und wußte endlich, daß es keine Chimäre war.

Das ist jetzt auf den Tag genau drei Jahre her. Wir feiern also eine Art Jubiläum, einen Geburtstag, wenn Sie wollen. Sonst hätte ich Ihnen ganz gewiß nichts davon gesagt. Da kommt sie, meine Elvira. Sieht sie nicht atemberaubend aus? Sie könnte meine Tochter sein, nicht wahr? Naja, in gewisser Weise ist sie das auch. Ich habe sie adoptiert. Wir sind glücklich miteinander. Bitte entschuldigen Sie, aber ich möchte Sie lieber nicht mit ihr bekannt machen. Manchmal ist sie ziemlich eifersüchtig. Nicht, daß ich mich darüber beklagen möchte! Es entzückt mich. Leben Sie wohl, und vergessen Sie bitte, was ich Ihnen erzählt habe.

Prüderie

Früher, noch vor hundert Jahren, hätte ich ein ruhiges Leben führen können. Niemand hätte mir nachgesagt, ich sei ein Psychopath, ein Tyrann, ein Frömmler, oder was sonst alles über mich gemunkelt wird. Die einen lachen mich aus, die andern nennen mich engstirnig, und im gleichen Atemzug sagen sie: Er weiß nicht, was er will. Daran sehen Sie, wie es heutzutage in den Köpfen der Leute aussieht, in welchem Wirrwarr sie leben. Weil ich dieses Durcheinander nicht ertragen kann, gelte ich als Querulant.

Ich habe schon als Kind gemerkt, daß ich ein Außenseiter bin. Glauben Sie ja nicht, daß ich besonders streng erzogen worden wäre. Ich halte nichts von all den Theorien, die behaupten, unser Los hänge vom Elternhaus ab. Mein Vater war nur allzu liberal – er hat weidlich von seinen Anschauungen Gebrauch gemacht –, und was meine Mutter angeht, so hätte sie mir nie etwas verboten. Das werfe ich ihr heute noch vor. Im Gegenteil, sie hat versucht, mich »aufzuklären«. Ich schrie sie an, ich warf mich auf den Boden, so peinlich war mir diese Szene. Es war mein einziges Mittel, um sie zum Schweigen zu bringen. Auch in der Schule bin ich den andern immer aus dem Weg gegangen, wenn sie mich in ihre schmutzigen Spiele hineinziehen wollten. Ich haßte die Ausdrücke, die sie in den Mund nahmen, und die Bilder, die sie herumreichten. Genützt hat es mir wenig; denn man kann ja heutzutage kaum an einem Zeitungskiosk oder an einem Kino vorbeigehen, ohne mit den ärgsten Zumutungen konfrontiert zu werden. Nach unseren Gesetzen ist offenbar alles erlaubt. Die größten Schweinereien dürfen öffentlich zur Schau gestellt und verkauft werden.

Lange war mein Religionslehrer die einzige Zuflucht, die ich fand. Er teilte meinen Widerwillen gegen die Unzucht, die uns umgibt. Mit ihm konnte ich mich aussprechen, und ihm habe ich es zu verdanken, daß sich meine Anschauungen festigen konnten. Es war ein schwarzer Tag für mich, als er aus dem Schuldienst entlassen wurde. Eine offizielle Begründung gab es nicht, aber geredet wurde, wie immer in solchen Fällen, viel; die Verleumder schreckten vor keiner Gemeinheit zurück. Daß er sich gegeißelt habe, war noch das harmloseste unter den Gerüchten, die an der Schule zu hören waren. Vielleicht war etwas Wahres daran. Die liberalen Vorgesetzten, die damals schon in der Kirche den Ton angaben, wären sicherlich empört über einen Lehrer gewesen, der das Evangelium beim Wort genommen hätte. Kurz bevor er die Schule verließ, hat er mir dieses Bild der Heiligen Jungfrau geschenkt, das ich über all die Jahre hinweg gerettet habe. Ich trage es immer bei mir.

Danach war ich einige Jahre recht einsam, obwohl ich an der Universität gut vorankam. Der einzige Trost war meine jüngere Schwester – ein schönes, blasses, stilles Mädchen, immer weit weg mit ihren

Gedanken –, die ich immer sehr verehrt habe. Wir haben natürlich nie darüber gesprochen, aber ich war mir sicher, daß sie so dachte wie ich. Es lag etwas Unnahbares in ihrem Wesen, obwohl sie zu den anderen freundlich war. Auch gefiel es mir, daß sie nicht wie die andern ausging, daß sie immer anständig gekleidet war und daß sie für die albernen Liebesgeschichten ihrer Altersgenossinnen nichts übrig hatte.

Auch ich ging den Studentinnen aus meinem Institut am liebsten aus dem Wege. Schon in der Tanzstunde hatte ich erfahren, daß die Mädchen zu allen Schamlosigkeiten fähig waren. Wenn man auf ihren Ton nicht einging, rächten sie sich, indem sie den, der sich ihnen nicht gefügig zeigte, lächerlich zu machen suchten. Die Tochter eines Nachbarn hat es sogar so weit getrieben, daß sie mir im Garten auflauerte. Sie wartete, an die Mauer gepreßt, bis ich aus dem Haus ging, und entblößte sich vor mir. Heute weiß ich, daß sie das nur getan hat, um mich zu erschrecken. Damals wußte ich noch nicht, wozu solche Frauen fähig sind, und statt ruhig weiterzugehen, bin ich Hals über Kopf vor ihr geflohen.

Meine Verlobte habe ich in der Katholischen Studentengemeinde kennengelernt. Heute wird an diesem Ort über die Abtreibung diskutiert, man kann dort die unglaublichsten Dinge hören, aber zu meiner Zeit herrschte noch ein anderer Geist, und ich war überzeugt, in Karin eine Frau gefunden zu haben, die nicht bereit war, sich an den Nächstbesten wegzuwerfen. Nach unserer Verlobung habe ich alles getan, um sie auf die Probe zu stellen. Als ich sie küssen wollte, hat sie sich lange Zeit gewehrt. Sie wollte es auch nicht leiden, daß ich sie auf ihrem Zimmer besuchte. Ich habe sie regelrecht belagert. Es gefiel mir, wie sie meine Hände festhielt, wie sie mir sogar einmal Ohrfeigen androhte.

Ich liebte sie schon deshalb, weil sie ganz und gar nicht war wie die andern. Nach ein paar Monaten erlaubte sie mir, neben ihr zu liegen, aber als ich versuchte, ihre Bluse zu öffnen, hat sie sich gesträubt. Es kostete mich viel Geduld, sie davon zu überzeugen, daß man sich der Versuchung aussetzen müsse, um sie zu besiegen. Schließlich gab sie nach, und wir legten uns unbekleidet zu Bett, wie im Märchen, nur durch ein unsichtbares Schwert getrennt. Ich war von diesen Exerzitien begeistert, die, wie ich glaubte – und wie ich heute noch glaube –, einem Triumph über unsere tierische Natur gleichkamen. Ich erinnere mich, daß ich in diesen langen Abendstunden oft ein Summen im Kopf vernahm, einen getragenen Gesang, wie eine Litanei. So vergingen einige Monate, die ich zu den glücklichsten meines Lebens zählen würde, wäre ihnen nicht eine Enttäuschung gefolgt, die ich bis heute nicht verwunden habe.

Es war der Tag vor meiner Prüfung. Ich hatte die Nacht zuvor über meinen Büchern verbracht und war so müde, daß ich, ganz gegen meine Übung, neben Karin eingeschlafen sein muß. Ich erwachte gegen zwei Uhr morgens und sah, daß Karin nicht schlief. Ihr Leib zeichnete sich schattenhaft von dem

Laken ab. Sie weinte. Ich fragte sie, was ihr fehle, aber sie schüttelte nur den Kopf. Als ich versuchte, sie zu trösten, ballte sie die Fäuste, und dann geschah etwas Schreckliches. Sie warf sich auf mich, schlug auf mich ein, biß mich, schrie, und aus ihrem Mund brach eine Flut von grauenvollen Verwünschungen. Während sie mich mit Ausdrücken überhäufte, die ich nicht wiederholen kann, machte sie sich an mir zu schaffen. Sie wälzte sich auf mir wie eine Besessene, und ich frage mich bis auf den heutigen Tag, ob es nicht der Teufel war, der in sie fuhr. Es gelang mir nur mit Gewalt, mich von ihr zu befreien. Ich warf mich in meine Kleider und verließ das Haus, so schnell ich konnte. Noch in derselben Nacht schrieb ich ihr einen Abschiedsbrief. Meine Prüfung habe ich trotzdem bestanden.

Seitdem lebe ich allein. Der einzige Mensch, der mir etwas bedeutet, ist meine Schwester. Sie kommt ein- oder zweimal in der Woche zu mir zum Tee. Wir sprechen nicht viel miteinander, wir verstehen uns auch ohne Worte. Wenn ich in der Dämmerung neben ihr sitze, höre ich, wenn auch nur ganz entfernt, die Stimme in meinem Kopf wieder, diesen langgezogenen Choral, den ich so gut kenne. Mein rechter Arm hängt an mir herunter, ich denke nicht daran, ihn um ihre Hüfte zu legen. Meine Hand ist feucht, aber sie gleitet nicht über die Haut meiner Schwester. Meine Schwester fährt nicht zusammen, sie blickt mich nicht an, sie hat keinen Grund dazu, es ist nicht so, daß ich ihre erstaunte Stimme höre, wie sie Aber Gundolf! sagt. Es bleibt mir erspart, das Entsetzen in ihren herrlichen Augen zu sehen. Nie wird es so weit kommen, daß ich mich an sie klammere. Nur daß das Summen in meinem Kopf jetzt immer lauter wird, und daß ich zum erstenmal etwas in mir fühle, aber das bilde ich mir nur ein, und daß alles, was ich bis jetzt zurückgehalten habe, während die Stimme anschwillt und in meinem Kopf dröhnt, aus mir herauskommt und heraus und heraus, und ich bilde mir ein, daß meine Schwester mich abschüttelt und aus dem Zimmer rennt. Ich weiß, daß sie nicht ist wie die andern, und höre sie schreien, draußen im Flur.

Der fünfunddreißigste Geburtstag

Ich weiß bis heute nicht, was Ellie sich dabei gedacht hat. Wir sind seit zwölf Jahren verheiratet, seit zwölf Jahren! Ich habe mir eingebildet, daß ich meine Frau in- und auswendig kenne. Aber *das* hätte ich ihr nie zugetraut. Wissen Sie, ich habe keinen Grund, mich über Ellie zu beklagen – heute weniger denn je –, aber schwierig war sie, das kann ich nicht leugnen. Und eifersüchtig! Sie würden es nicht für möglich halten. Einmal einer Verkäuferin zugelächelt, und schon war die Hölle los. Ich habe mich oft gefragt, warum sie mich dauernd bewacht; denn verliebt war sie bestimmt nicht in mich. O nein! Sie wollte nie etwas von mir wissen. Das habe ich schon kurz nach unserer Hochzeit gemerkt, und im Lauf der Jahre habe ich mich damit abgefunden. Zugegeben, am Anfang gab es Streit deswegen. Als meine Frau ihre Kleider aus dem Schrank holte und ins Gästezimmer zog, wollte ich mich sogar scheiden lassen. Aber dann habe ich resigniert. Schließlich kann ich, abgesehen von dem einen Punkt, nichts Schlechtes über Ellie sagen. Sie hat sich immer um alles gekümmert, das muß man ihr lassen. Als Hausfrau ist sie tadellos.

Ein anderer hätte sich vielleicht eine Freundin zugelegt. Ab und zu habe ich auch daran gedacht, aber ich bin eben kein unternehmungslustiger Mensch. Außerdem hätte Ellie es sofort gemerkt. Wer weiß, was dann passiert wäre! Vielleicht hätte ich sie eines Tages umgebracht, obwohl ich kein Blut sehen kann. Man liest solche Geschichten öfters in der Zeitung.

Nach außen hin war ich immer ruhig und höflich, der ideale Ehemann, aber unter der Haut war ich nervös. Einmal, in der Küche, nach dem Abendessen, da hatte ich auf einmal ein Fleischmesser in der Hand. Ich hielt das Messer in die Höhe. Das Licht fiel auf die Klinge. Es war so, wie wenn sich die Sonne abends in einem Fenster spiegelt. Ich war halb geblendet. Dabei wollte ich überhaupt nichts schneiden. Ich hatte einfach nach dem Messer gegriffen, ich weiß nicht, warum. Hinterher war ich ganz erschrocken. Ich glaube kaum, daß Ellie etwas gemerkt hat. Das war ein paar Wochen vor meinem fünfunddreißigsten Geburtstag.

Wenn ein Familienfest fällig ist, laden wir gewöhnlich meine Schwester ein und ein paar Nachbarn oder den einen oder andern Kollegen. Im Sommer wird gegrillt, im Winter gibt es Punsch. Es ist immer dasselbe: die Männer reden über die Steuer oder über ihre Bausparverträge, und die Frauen erzählen sich irgendwelche Klatschgeschichten, Schulprobleme, Urlaub, Scheidungen und so weiter. Alles genau so, wie man sich eine Reihenhaus-Party vorstellt.

Ich kam an diesem Tag von einer Reise zurück, hatte ein paar Kundenbesuche hinter mir, und dabei muß ich mich verspätet haben. Auf der Autobahn geriet ich in einen Stau. Es war kurz vor acht, als ich nach Hause kam. Ich war sicher, daß meine Schwester schon da sein würde. Ich war darauf gefaßt, das ganze Haus erleuchtet vorzufinden, Stühle im Garten, ein paar Lampions, und Ellie und meine Schwester in der Küche, um das Buffet für die Gäste vorzubereiten.

Aber der grüne Wagen meiner Schwester stand nicht vor dem Haus, und die Fenster waren dunkel. Vielleicht hat sie den Geburtstag vergessen, dachte ich, obwohl das meiner Ellie nicht ähnlich sieht. Sie ist ja so ordentlich. Nicht, daß es mir etwas ausgemacht hätte. Auf das neue Hemd oder den Pullover, den sie mir schenken würde, konnte ich verzichten.

Ich schloß die Tür auf und trat in den dunklen Korridor. Das Haus war ganz still. Ellie? rief ich. Keine Antwort. Sonderbar, dachte ich. Wo kann sie nur sein? Ich hatte meine Reisetasche in der Hand und ging hinauf, um meine Sachen auszupacken. Auf der Treppe hatte ich eine unbestimmte Vorahnung. Ich spürte, daß jemand im Hause war. Wie ich auf diese Idee gekommen bin, kann ich nicht sagen. Sonst gibt es so etwas ja nur im Traum. Ich war sicher: da oben, auf dem Treppenabsatz, wartete jemand auf mich. Ich ging langsamer. Vielleicht hatte ich sogar ein wenig Angst. Aber als ich oben war und sich von hinten zwei Hände über meine Augen legten, war ich beinahe darauf gefaßt.

Da bist du ja endlich, flüsterte Ellie mir ins Ohr. Es war also nur Ellie! Weiß der Teufel, was ihr nun schon wieder eingefallen ist, dachte ich. Was soll das? fragte ich laut. Psst! sagte sie. Du darfst keinen

Mucks machen, hörst du? Ich habe eine Überraschung für dich. Gib die Tasche her! Sie nahm mir den Griff aus der Hand, aber gleich fühlte ich wieder ihre Hände über den Augen. Sie schob mich langsam vor sich her. Ich hörte, wie sie die Tür zu meinem Zimmer aufdrückte. Sie drängte mich. Ich spürte ihren Körper im Rücken, und ich wunderte mich darüber, denn gewöhnlich vermeidet sie es, mir nahe zu kommen. Dann blieben wir stehen, und sie flüsterte mir zu: Da, schau!

Sie nahm die Hände von meinen Augen weg. Das Zimmer lag schon im Halbdunkel, obwohl die Vorhänge nicht gezogen waren. Mein Bett war zurückgeschlagen. Auf dem weißen Laken kauerte eine nackte Frau, die mir den Rücken zuwandte. Ihre Hüften hoben sich dunkel vom Weiß der Bettwäsche ab, und ich konnte ihr volles schwarzes Haar unterscheiden, das über das Bettzeug fiel. Nur ihr Gesicht sah ich nicht. Es war in das Kissen vergraben.

Ich wollte irgend etwas sagen, ich weiß nicht, was, aber Ellie hielt mir, wie zur Warnung, die Hand vor den Mund. Sie stand immer noch hinter mir. Dann merkte ich, daß sie sich, mit der andern Hand, an meiner Hose zu schaffen machte. Sie öffnete den Reißverschluß. Sie hatte mich monatelang nicht mehr angefaßt; es war also kein Wunder, daß sie leichtes Spiel mit mir hatte. Ich reagierte augenblicklich, sobald ich den Druck ihrer Finger spürte.

Ich muß sagen, ich erkannte meine Ellie nicht wieder, mit welcher Selbstverständlichkeit, welchem

Geschick, welcher Leichtigkeit sie das machte. Sie hatte mich buchstäblich in der Hand. Als sie sicher war, daß ich mir alles gefallen ließ, schob sie mich auf das Bett zu.

Die Frau dort kniete vor mir, so nah, daß ich nur den Arm ausstrecken mußte, um sie zu berühren. Sie bewegte sich nicht. Ich konnte ganz deutlich ihren Flaum sehen, ihre braune, schimmernde Haut im Halbdunkel. Ich sah sogar, wie sie atmete, ganz ruhig und tief, fast wie eine Schlafende, denn das, was sie mir anbot, hob und senkte sich langsam.

Ellie – sie hatte mich keinen Moment lang losgelassen – gab mir einen kleinen Stoß, und ich fiel mit den Händen voran kniend auf das Bett. Es war ein merkwürdiges Gefühl, angezogen, mit den Schuhen an den Füßen, sozusagen reisefertig, auf meinem eigenen Bett zu knien, Ellies Hand, die mich umspannt hielt, in meiner Hose, und vor mir diese Unbekannte, von der ich nur das sah, was einem eine fremde Frau immer verbirgt. Nein, merkwürdig, das ist nicht das richtige Wort dafür, es war beängstigend, wie damals die Sache mit dem Messer in der Küche, nur daß wir hier im Schatten atmeten und nicht im Licht.

Natürlich war ich erregt, wahnsinnig erregt; aber zugleich war ich völlig ruhig, wie ein Verbrecher, der genau weiß, daß es zu spät ist, um es sich anders zu überlegen, daß er das, was er angefangen hat, zu Ende bringen wird, ohne Rücksicht auf das Risiko. Aber auch Ellie war ruhig. Ihre Hand zögerte nicht, sie bewegte sich unaufhaltsam, nicht zuviel und nicht zuwenig. Und auch die Frau vor mir atmete friedlich wie im Traum.

Was dann geschah, könnte ich bis ins kleinste Detail beschreiben, obwohl es inzwischen ganz dunkel im Zimmer geworden war. Oder bilde ich mir das nur ein? Das ist unmöglich. Sonst sähe ich diese Bilder nicht so deutlich vor mir: Ellies Hand, wie in Zeitlupe, die die Frau vor mir anfaßt, die sie streichelt, und ihren Finger, der in der Unbekannten verschwindet. Ihre andere Hand, die ich nicht sehen kann, aber ich fühle sie, wie sie auf mir hin- und hergleitet, und wie sie mich dahin bringt, wo sie mich haben will, zwischen die Finger ihrer anderen Hand, die schon glänzend sind, ölig, und zwischen die Lippen, die sie für mich geöffnet hat.

Es fiel mir nicht ein, mich zu wehren. Ich war einverstanden. Wir waren alle drei einverstanden, auch mit der Langsamkeit unserer Bewegungen. Ich bin noch nie in meinem Leben so langsam gewesen. Ich wollte nicht, daß es ein Ende hätte. Erst als es nicht mehr aufzuhalten war, als die Muskeln irgendwo in meinem Innern die Herrschaft übernahmen, und ich ließ sie gehen, hörte ich die Stimme der Frau, die vor mir kauerte, halb erstickt von dem Kissen, auf das sie den Mund preßte, ein langgedehntes Wimmern, seltsam hoch, wie ein Singsang, und zwischen Ellies Fingern fühlte ich es pulsieren, ein heftiges Sprudeln, das aussetzte und wiederkehrte wie das leise Wimmern der andern.

Das war es, was Ellie sich ausgedacht hatte. Vielleicht denken Sie, ich hätte diese Geschichte erfunden oder geträumt. Meinetwegen! Ich will Sie nicht unbedingt überzeugen. Ich frage Sie nur, wie sich ein Mensch wie ich etwas Derartiges ausdenken sollte. Dazu fehlt es mir einfach an Phantasie. Allerdings, meiner Ellie hätte ich einen solchen Einfall noch viel weniger zugetraut.

Ich habe mich in ihr getäuscht. Aber als sie mich soweit gebracht hatte, als ich, noch halb benommen, auf dem Rücken dieser Fremden lag, war sie wieder ganz die alte.

Sie drehte mich um und zog mir den Reißverschluß zu, praktisch, wie sie nun einmal ist, ganz so, als hätte ich nur vergessen, vor dem Ausgehen meine Hose in Ordnung zu bringen. Ist das nicht der beste Beweis dafür, daß ich nichts erfinde? Dann nahm sie mich bei der Hand, zog mich vom Bett und schob mich vor sich her aus dem Zimmer. Ich konnte gerade noch einen Blick zurück werfen. Die Frau lag noch immer auf dem Bett, ihr großes Hinterteil schimmerte unbewegt, sie rührte sich nicht, ihr Haar war jetzt nur noch ein dunkler Fleck in der Dunkelheit.

Dann waren wir auf der Treppe, Ellie machte die Haustür auf, wir gingen durch den Vorgarten, sie öffnete die Autotür, drückte mir den Wagenschlüssel in die Hand und sagte: In einer Stunde gibt es Abendessen.

Ich setzte mich ans Steuer und grübelte vor mich hin. Das Haus war und blieb dunkel. Dann fuhr ich ziellos in Richtung Innenstadt. Ich spielte mit dem Gedanken, mich in irgendeine Kneipe zu setzen und mich sinnlos zu betrinken. Aber als ich in einer kleinen Bar in der Nähe des Bahnhofs gelandet war, konnte ich schon nach dem ersten Glas die Stimmen der andern nicht mehr ertragen. Ich bin dann noch eine Zeitlang durch irgendwelche Vorstädte gefahren. Es hatte angefangen zu nieseln, und die Straßen waren leer. Gegen halb zehn war ich wieder zu Hause. Die Küchenfenster waren erleuchtet. Als ich eintrat, stand Ellie am Herd. Ich habe das Roastbeef warm gestellt, sagte sie. Mußt du denn immer zu spät kommen?

Der Feigling

Er hat sich gewehrt, solange er konnte, aber ich wußte von Anfang an, mit dem werde ich fertig, den kriege ich klein. Nur Geduld, habe ich mir gesagt. Wir werden ja sehen, wer der Stärkere ist.

Schon wie wir uns kennengelernt haben, spricht Bände. Er stand in seiner weißen Uniform an der Kreuzung. Die Ampel war ausgefallen, und er sollte den Verkehr lenken. Das ist schließlich sein Beruf. Aber ich sah gleich, daß er unsicher war. Ich glaube, er hatte sogar Angst, in dem Durcheinander angefahren zu werden. Ich habe das Fenster heruntergekurbelt und ihn angesprochen, eigentlich mehr zum Spaß, denn ich kannte den Weg. Er wagte aber nicht, mich weiterzuwinken, obwohl die Leute hinter mir schon zu hupen anfingen, und während er mir die Einbahnstraßen erklärte, kam es auf der Kreuzung zu einem totalen Chaos. Die Autos hatten sich ineinander verhakt, auch ein paar Lastzüge waren darunter. Es war einfach unmöglich weiterzukommen. Ich bin dann ausgestiegen und habe die Sache in die Hand genommen. Er trottete hinter mir her. Man muß in solchen Fällen erst mal mit den Abbiegern fertig werden. Nach ein paar Minuten war das Gröbste überstanden. Er hat sich bei mir bedankt und mich gefragt, ob er mich zu einem Kaffee einladen könnte. Inzwischen waren auch die Mechaniker da. Ich wartete an der Ecke auf ihn, bis die

Ampeln wieder in Ordnung gebracht waren. So hat es angefangen.

Nach unserer Heirat merkte ich bald, daß er auch vor Frauen Angst hatte. Natürlich hat er es nicht zugegeben. Vielleicht wußte er es selber nicht. Aber in einer Zweizimmerwohnung lernt man sich genauer kennen, als einem lieb ist. Er wurde schon nervös, wenn wir ins Bett gingen. Am Anfang versuchte ich noch, die Harmlose zu mimen, aber das war zwecklos. Er wurde nur noch verklemmter mit der Zeit. Dann habe ich ausprobiert, wie er reagieren würde, wenn ich mich mit seinen Kollegen unterhielt. Ich bin sogar ziemlich weit gegangen. Einmal ließ ich mich absichtlich von ihm erwischen, mit einem seiner Vorgesetzten, älter als er, unter der Haustür, den ich so weit gebracht hatte, daß er mir unter den Rock langte. Von Eifersucht keine Spur. Vielleicht war er sogar heimlich erleichtert. Es hat einfach nicht mit ihm geklappt.

Als ich meiner Freundin Luisa davon erzählte, war sie richtiggehend wütend. Sie an meiner Stelle hätte längst die Scheidung eingereicht, sagte sie. Aber ich gehöre nicht zu denen, die so leicht aufgeben.

Statt dessen habe ich mich daran gemacht, seine Schwachstellen zu studieren. Er muß immer früh zum Dienst und braucht viel Schlaf. Das ist, glaube ich, die einzige Beschäftigung, die ihm wirklich Spaß macht. Auch hatte ich bald entdeckt, daß er unruhig wurde, wenn ich von meinen Problemen zu reden anfing. Ich besorgte mir ein paar Bücher über Psychologie und Frauenemanzipation. Auch von meiner Freundin Luisa schnappte ich eine Menge der üblichen Redensarten auf. In kurzer Zeit war ich soweit, daß ich fließend darüber reden konnte. Ich fing immer im Bett damit an, wenn er sich umdrehte, um einzuschlafen. Ich muß sagen, er hat es ziemlich lange ausgehalten, obwohl es ihn sehr nervös machte. Bis ich es eines Nachts so weit trieb, daß er vor Wut zitterte. Ich ließ ihm einfach keine Ruhe. Ich sprach von seiner psychischen Brutalität, von meinen vegetativen Störungen, und dabei steigerte ich die Dosis immer weiter, je gereizter er wurde. Weiß der Kuckuck, was ich an diesem Abend alles zusammengefaselt habe. Ich glaube, ich habe ihm sogar eine Familientherapie vorgeschlagen.

Gegen zwei Uhr früh ist ihm dann endlich die Hand ausgerutscht. Er haute mir zum ersten Mal eine herunter. Ich mußte mich beherrschen, um nicht zu lachen – so erschrocken sah er aus. Ich natürlich in Tränen, aber lammfromm, und als er mich in die Arme nahm, um sein Verbrechen wieder gutzumachen, brachte ich es fertig, dankbar zu ihm aufzublicken.

Beim nächsten Mal ging es schon leichter. Er dachte schon, alles sei in Butter, aber ich piesackte ihn so lange, bis er völlig die Beherrschung verlor. Zitternd drohte er mir Schläge an. Du traust dich nicht, schrie ich. Da hatte ich ihn soweit. Diesmal schlug er richtig zu. Er war über seinen eigenen Mut derart verblüfft, daß er es sogar schaffte, mich umzudrehen und mich regelrecht übers Knie zu legen. Danach fiel er zitternd über mich her. Zum ersten

Mal hat es in dieser Nacht richtig geklappt. Ich bin, glaube ich, drei- oder viermal hintereinander gekommen.

Dabei muß ihm doch ein Licht aufgegangen sein. Nicht, als hätte er begriffen, was ich mit ihm vorhatte. Davon war er weit entfernt. Aber ich erinnere mich, daß er kurz darauf zum erstenmal sein Uniformkoppel auf den Nachttisch legte, und ich höre ihn förmlich, wie er, mit einem Frosch in der Stimme, schrie: Runter mit dir! Her mit dem Hintern! Dir werd ichs zeigen!

Nach und nach brachte er dann die üblichen Sachen mit nach Hause, das ganze Zeug, das man in den Spezialgeschäften findet. Er ist ja so phantasielos, der Arme! Er glaubte, ohne diese albernen Inszenierungen ginge es nicht. Dabei hat er nie diesen gehetzten, ängstlichen Ausdruck verloren, wenn er vor mir stand mit seiner lächerlichen Peitsche und mit seinem Lederkram. Ich habe natürlich nichts gesagt und habe ganz sittsam die komischen Schnürkorsetts und die Strumpfhalter angezogen, die er mitbrachte. Er hat nie verstanden, daß es um etwas ganz anderes ging! Weh getan hat er mir kaum. Ich mochte es sogar ganz gern, das gebe ich zu, wenn ich spürte, wie sich meine Haut rötete. Dieses Brennen gefiel mir, ich brauchte diese Hitze, aber das war nicht der entscheidende Punkt.

Ich habe ihn, ohne daß er es merkte, immer weiter getrieben, bis er endlich soweit war, daß er selber daran glaubte, daß er sich, wenn auch nur für ein paar Minuten, für den Größten hielt – ausgerechnet er, dieser Armleuchter.

Heute abend ist er früher nach Hause gekommen, und ich habe sofort gemerkt, daß er etwas Besonderes vorhatte. Er hatte eine kleine Tüte in der Hand. Er sah mich herausfordernd an. Es war klar, daß er es nicht erwarten konnte. Jede andere wäre auf ihn hereingefallen, so sicher fühlte er sich. Ich brauchte gar nichts zu tun. Es ging alles wie von selbst. Er blickte mich aus seinen kleinen blauen Augen an. Sogar sein nervöses Zwinkern hatte nachgelassen. Vielleicht hat er sich eingebildet, er könnte mich hypnotisieren. Ich tat ihm selbstverständlich den Gefallen und folgte ihm »willenlos« ins Schlafzimmer.

Als er endlich das Hundehalsband aus der Tüte zog, habe ich ihm den Nacken hingehalten. Ein merkwürdiges Gefühl, diese kalten Nägel auf der bloßen Haut! Wie aufgeregt er ist, dachte ich. Er ist ja ganz rot im Gesicht! Ja, ich bin sicher: Jede andere wäre auf ihn hereingefallen. Aber ich kenne ihn! Mir kann er nichts vormachen! Ich bin auf allen vieren. Ich winsle. Ich biete mich an. Aber ich schaue ihm heimlich zu, wie er sich anstrengt, ich lache innerlich, und indem ich vor Aufregung vergehe, indem ich schwimme, triumphiere ich, denn ich weiß: ich kann jetzt alles mit ihm machen, ich habe ihn am Gängelband, ein Wort, und er kuscht vor mir, er fällt vor meinen Augen zusammen wie ein geprügelter Hund, dieser Feigling! Ich winsle, ich winde mich, ich habe alles unter Kontrolle.

Erledigt

Liebe Elisabeth. Dieser Brief trägt keinen Absender. Ich habe keine Adresse mehr. Es gibt hier weit und breit keinen Briefkasten. Ich habe keine Ahnung, was der Hausierer, dem ich diese Zeilen anvertraute, damit machen wird.

Für den Fall, daß dich meine Flaschenpost erreicht, möchte ich zweierlei klarstellen: Ich brauche keine Hilfe, und ich kann nichts für dich tun. Auch habe ich nicht die Absicht, mein Verschwinden zu rechtfertigen. Nur mein letzter, völlig überflüssiger Anruf bei dir bedarf einer Entschuldigung. Ich weiß nicht, was mich dazu veranlaßt hat. Nennen wir es eine Kurzschlußhandlung, und gehen wir zur Tagesordnung über.

Daß ich dich in den fünf oder sechs Jahren unserer Ehe enttäuscht und gelangweilt habe, ist mir durchaus klar. Meine Phantasielosigkeit, auf die ich stolz war, hast du mir nie verziehen. Ich bin kein Märchenerzähler. Deiner nimmersatten Neugier hatte ich nichts zu bieten. Das ist schade. Ich hätte dich gern mit meinen Abenteuern unterhalten. Leider waren sie, gemessen an deinen Ansprüchen, absolut nicht nennenswert. Nun, da ich endlich etwas zu erzählen habe, möchte ich dir meine Geschichte nicht vorenthalten. Daher dieser Brief.

Wenn ich mir überlege, wie ich in die Lage geraten bin, in der ich mich befinde, komme ich zu dem

Schluß, daß der rapide Kursverfall des Dollars daran schuld ist. Eigentlich ein lächerlicher Grund. Denn wenn ich den Kopf hebe, um aus dem Fenster zu sehen – weit und breit kein Haus, nur der Wald in seinen Herbstfarben und der glitzernde See, auf dem die blanken Holzstämme treiben –, dann frage ich mich, was das alles mit dem Wechselkurs zu tun hat. Die paar Holzfäller, die hier unterwegs sind, haben sicher keine Ahnung, wie der Dollar steht.

Ich habe mir in diesem Punkt nichts vorzuwerfen. Niemand hat es kommen sehen. Natürlich muß ein Konzern, der auf dem internationalen Markt operiert, das Währungsrisiko einkalkulieren. Aber damals deuteten alle Indikatoren darauf hin, daß der Kurs steigen würde, und so habe ich mich bei allen größeren Abschlüssen gegen eine Dollar-Hausse abgesichert. Die Verbindlichkeiten, die auf uns zukamen, lagen immerhin im achtstelligen Dollarbereich. Der freie Fall der amerikanischen Währung hat mich kalt erwischt, und von einem Tag auf den andern hatte ich im Vorstand keine Deckung mehr. Selbstverständlich kann das jedem passieren, und wenn man nicht aus anderen Gründen in der Lage ist, Druck auszuüben, lassen einen im kritischen Moment die besten Freunde fallen. Das ist normal. In solchen Fällen geht es einfach darum, die Nerven zu behalten und auf die nächste Chance zu warten. Das ist nur eine Frage der Zeit. Ich hatte ja gewisse Reserven – ich habe nie ohne Netz gearbeitet –, und akute materielle Probleme waren nicht vorhanden. Also hieß es für mich, auf Tauchstation gehen. *Wait and see.* Aber das ist leichter gesagt als getan. Ich war, auch wenn du das nicht bemerkt hast, doch ziemlich angeschlagen.

Dazu kamen unsere privaten Probleme. Du weißt, ich war seit eh und je gewöhnt, auch in diesen Dingen die Initiative zu übernehmen, ich meine, den Frauen gegenüber. Immer war ich es, der den Stein ins Rollen brachte – auch bei den gelegentlichen Eskapaden, die sich in meiner Position kaum vermeiden ließen. (Sie waren so banal, daß ich sie mit Schweigen überging. Ich kenne deinen Geschmack und weiß, daß du keinen Gefallen daran gefunden hättest.)

Manchmal ertappte ich mich bei dem Gedanken: Warum eigentlich immer ich? Warum nicht einmal umgekehrt? Ich hatte es ja gar nicht darauf abgesehen, die Siegerrolle zu spielen. An das Märchen vom »schwachen Geschlecht« habe ich ohnehin nie geglaubt. Es war mir fatal, daß ich immerzu den Ton angeben und mich um alles kümmern sollte. Von der finanziellen Seite will ich gar nicht reden, obwohl das auch eine Rolle spielt. Natürlich war es nicht das Geld an sich, was mir zu schaffen machte, sondern die Abhängigkeiten, die sich daraus ergaben. Du weißt ja, die Kleinlichkeit ist nicht meine Stärke. Als ich mich von Iris scheiden ließ, habe ich die Abfindung sogar mit einem gewissen Vergnügen gezahlt; denn bei solchen Größenordnungen können Schuldgefühle einfach nicht aufkommen.

Erinnerst du dich, wie wir im Winter in Mailand waren? Ich hatte viel zu tun, der besonders heikle

Abschluß mit den Saudis stand unmittelbar bevor. Du warst etwas gereizt, weil ich mich nicht um deine Wünsche kümmern konnte – Einrichtungsfragen, Bilder, Antiquitäten. Ich hatte keine Einwände, ich ließ dich machen, wie immer, aber ich war einfach nicht ansprechbar. Da sah ich am Nebentisch – wir aßen bei Savini zu Abend – diesen Typ im Pullover. Ich weiß nicht, ob er dir aufgefallen ist: kein Jüngling, ein Mann in meinem Alter, doch ich hatte sofort den Eindruck, daß er sich aushalten ließ. Du wirst es nicht für möglich halten, aber ich beneidete ihn. Er war mit einer Amerikanerin zusammen, übrigens keineswegs so, wie man sich das vorstellt, Middle West, Silberlöckchen, zuviel Schmuck, sondern aus gutem New-England-Stall und durchaus distinguiert. Nicht nur, daß sie alles bezahlte, sie bestellte auch – ihr Italienisch konnte sich sehen lassen –, sie suchte den Wein aus, sie war perfekt, und am nächsten Morgen sah ich sie von der Hotelhalle aus, wie sie im Reisebüro die Tickets bestellte, während er in aller Ruhe in einem Sessel wartete und die ›Herald Tribune‹ las. Ich weiß nicht, warum diese Szene einen solchen Eindruck auf mich gemacht hat.

Wie es weiterging, brauche ich dir nicht zu schildern. Das Geschäft mit den Saudis scheiterte im letzten Moment, und als wir zu Hause waren, begann das Dollar-Debakel, das sich über zwei Monate hinzog, bis ich aus dem Vorstand ausschied. Damit fielen auch für dich die üblichen gesellschaftlichen Verpflichtungen weg, das heißt, du hattest von einem Tag auf den anderen so gut wie nichts mehr zu tun, und ich konnte nach Belieben über meine Zeit verfügen. Auf die Dauer war das eine unhaltbare Situation.

Du hast mir vorgeworfen, ich ließe mich gehen, meinen Mißerfolg hätte ich mir selbst zuzuschreiben, du könntest meine Passivität nicht ertragen. Ich nahm dir diese Vorhaltungen nicht übel. Ich bin einfach weggefahren und habe dich deinen Launen und den Fabeln deiner Freunde und Bekannten überlassen. Das ist nun schon fast ein halbes Jahr her. Ich hoffe, daß du dir einen Liebhaber genommen hast. Das Haus gehört dir, und wenn du eine Scheidung wünschst, soll es mir recht sein. Ich werde jedenfalls in dieser Hinsicht nichts unternehmen.

Das kann ich auch gar nicht; in meiner jetzigen Lage ist jede Bewegung ausgeschlossen. Wenn du mich sehen könntest, würdest du mich nicht wiedererkennen. Schon der bloße Gedanke bringt mich zum Lachen. Dabei hat das Ganze erst vor vierzehn Tagen angefangen. Mir kommt es vor, als wäre eine kleine Ewigkeit vergangen. Ich hatte schon immer Lust, Finnland zu sehen, am liebsten im Altweibersommer, vielleicht der Farben wegen. Ich war nie dazu gekommen, aber jetzt habe ich Zeit, soviel ich will. Ich nahm also in Lappeenranta den Dampfer, der von dort aus tagelang durch ein Labyrinth von Seen, Kanälen und Inseln Richtung Norden fährt. Die meiste Zeit brachte ich an Deck zu. Ich hatte mir ein paar Bücher mitgenommen, einen dicken Wälzer über Projekt-Management und Prigogines Studien über thermodynamische Prozesse, aber ich habe nur darin geblättert. Ich saß untätig in meinem Deckstuhl und starrte auf die Buchten und Halbinseln, die langsam an mir vorüberzogen.

Am dritten Tag, kurz nach dem Frühstück, hat sie mich angesprochen, eine junge Frau, sommersprossig, blond, eher klein, aber drahtig, mit einer angenehmen, leisen Stimme, auf Englisch. Warum schleppen Sie immer diese Bücher mit sich herum, wenn Sie doch nie lesen? Wir kamen ins Gespräch. Sie fragte mich nach meinen Plänen. Ich sagte ihr, daß ich keine Pläne hätte. Sie erriet sofort, daß ich mich abgesetzt hatte, und schließlich erklärte ich ihr auch, so gut ich konnte, warum.

Sie wußte ungewöhnlich gut Bescheid, verstand auch auf Anhieb, wie ein Kurssicherungsgeschäft abläuft. Sie ist geborene Finnin, hat aber viel im Ausland gelebt. Offenbar ist auch Geld vorhanden. Jedenfalls hatte ich diesen Eindruck.

Dann hat sie mich einfach an die Hand genommen, und ich bin mitgegangen, in ihre Kabine. Ich war nicht einmal überrascht. Es ging alles von selbst, wie im Traum. Ich habe mich ihren Händen überlassen. Sie machte mit mir, was sie wollte – ein eigenartiges Gefühl. Dabei ist sie nicht das, was man sich unter einer resoluten Frau vorstellt. Sie wirkt nicht dominierend, und sie ist alles andere als eine Riesin. Ich könnte sie mit einer Hand stoppen oder festhalten, wenn ich wollte. Aber ich wäre nie auf die Idee gekommen, mich gegen sie zu wehren. Ich blieb in ihrer Kabine. Sie hat das Essen kommen lassen und sich auch darum gekümmert, daß immer etwas zu trinken da war.

In Varkaus liefen wir am späten Nachmittag ein. Sie sagte nur: Wir sind da. Auf dem Parkplatz am Kai stand ihr Wagen, ein alter Volvo. Ich bin eingestiegen, ohne zu fragen, was sie vorhatte; ich habe nicht einmal auf den Weg geachtet. Wir fuhren über eine Stunde weit durch eine gleichmäßige Landschaft. Die Gegend kam mir menschenleer vor. Nur selten waren von der ungeteerten Straße aus in der Ferne ein paar Dächer zu sehen. Gegen Abend sind wir angekommen. Es war ein Sommerhaus aus Holz, alt und etwas heruntergekommen, an einem kleinen, halbverschilften See. Hinter dem Haus gibt es einen Schuppen, daneben die Sauna; ein paar hundert Meter weit steht eine zweite Hütte. Dort wohnt die alte Frau, die sich um den Gemüsegarten kümmert und für uns kocht. Das nächste Dorf liegt über eine Stunde weit entfernt. Ich war nur einmal dort.

Ein Telefon gibt es nicht. In der Sauna habe ich ein paar alte Zeitungen gefunden, aber ich verstehe natürlich kein Wort Finnisch. Insofern kann es mir gleichgültig sein, daß auch das altertümliche Radio im Wohnzimmer seinen Geist aufgegeben hat. Letzte Woche suchte ich im Schrank nach einem frischen Hemd und stellte fest, daß mein Koffer verschwunden war. Meine Kleider waren ordentlich aufgehängt, aber meine Papiere waren weg: das Rückflugticket, der Paß, Kreditkarten, Bargeld,

Führerschein, Schecks, sogar die beiden ungelesenen Bücher.

In diesem Augenblick muß ich in Panik geraten sein. Es war dumm von mir, aber ich bin fortgerannt, über die staubige Straße, ohne recht zu wissen, wohin ich wollte. Als ich nach einer Stunde das Dorf erreicht hatte, fand ich dort niemanden, der englisch sprach. Dafür stand vor dem Gemischtwarenladen eine nagelneue Telefonzelle. Ich fand noch ein paar Münzen in den Hosentaschen. Es waren knapp zwanzig Finnmark. Daß ich dich angerufen habe, war, wie gesagt, eine Kurzschlußhandlung. Wo bist du? hast du gefragt. Ich wußte nicht einmal, wie der Ort hieß. Und was meine Geschichte anging, so war ich außerstande, sie zu erzählen, ganz abgesehen davon, daß sie in einem Ferngespräch für zwanzig Finnmark einfach keinen Platz hatte. Mitten im Satz brach die Verbindung ab. Ich hatte keine Münzen mehr. Ich ging langsam zurück zum Haus, gedankenlos, wie ein Pferd auf dem Heimweg. Die Finnin hat kein Wort gesagt, nur ein schwaches Lächeln lag auf ihrem Gesicht, als ich ins Zimmer trat. Seitdem verbringe ich den größten Teil der Zeit im Bett. Ich nehme an, du willst wissen, was sie mit mir macht. Ich habe versucht, es aufzuschreiben, aber es ist mir nicht gelungen. Ich tröste mich mit dem Gedanken, daß dies die letzte Enttäuschung sein wird, die ich dir bereite.

Ich höre, wie sie draußen auf dem Hof Holz hackt, und wenn ich den Kopf hebe, kann ich die roten Bäume über dem See sehen, den Kahn am

Ufer und davor ihre kleine, zierliche Gestalt. Sie hat sich ein Tuch um den Kopf gebunden, und das Beil funkelt in der Abendsonne, jedesmal, wenn sie es hebt.

Die Tage werden allmählich kürzer. Ich bin müde, denn sie ist unerbittlich. Trotzdem warte ich nur darauf, daß sie kommt, daß es von neuem anfängt. Ich wehre mich nicht. Seit meinem Fluchtversuch weiß ich, daß ich nicht mehr hochkomme. Ich bin ihr Gefangener. Das gefällt mir. Ich bin erledigt.

Dein G.

Über die Autorin

Elisabeth Ambras ist ein Pseudonym. »Mein Mann möchte, daß ich auf etwas Rücksicht nehme, das er seine *gesellschaftliche Position* nennt. Ich erfülle diese Bitte gern, wenngleich ich nicht sicher bin, was er damit meint. Literatur als Beruf liegt mir fern. Ich bin Amateurin und schreibe zu meinem eigenen Vergnügen, meinem eigenen Verdruß.

Die meisten Schriftsteller-Biographien klingen ohnehin so, als wären sie erfunden: Ich bin kurz vor dem Zweiten Weltkrieg in der Schweiz geboren, wurde in England erzogen und führe ein eher nomadisches Leben. Meine deutsch-polnischen Voreltern stammen aus einer Gegend, die einst österreichisch war. Auf dem Stempelpapier hieß sie Lodomerien, aber niemand nannte sie so.

Kaum jemand glaubt einem die reine Wahrheit – ein Argwohn, den ich teile. Beim Schreiben eines Lebenslaufes hätte ich bald das Gefühl, ich wäre in eine Geschichte von E. A. geraten. Dies ist ein Los, welches ich mir ersparen möchte.«

Joyce Carol Oates im dtv

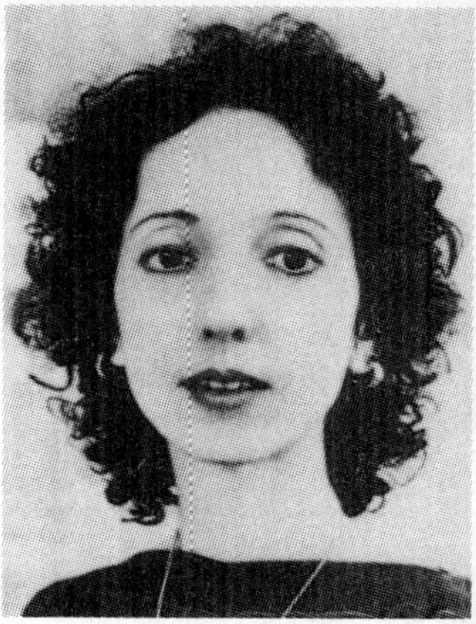

Grenzüberschreitungen

Zart und kühl, bitter und scharf analysierend, erzählt die Autorin in fünfzehn Kurzgeschichten von der alltäglichen Liebe, dem alltäglichen Haß und ihren lautlosen Katastrophen. dtv 1643

Jene

Die weißen Slumbewohner in den Armenvierteln des reichen Amerika, die sich nicht artikulieren können, sind die Helden dieses Romans. Die Geschichte einer Familie, aber auch die Geschichte Amerikas. dtv 1747

Lieben, verlieren, lieben

Von ganz »normalen« Menschen erzählt die Autorin, vor allem von Frauen, von Hausfrauen, Ehefrauen, Müttern und Geliebten. dtv 10032

Ein Garten irdischer Freuden

Ein Mädchen will ihren ärmlichen Verhältnissen entfliehen. Sie tut es – nichts anderes bleibt ihr übrig – mit Hilfe von Männern. dtv 10394

Bellefleur

Der Osten der USA ist der Schauplatz dieser phantastischen Familiensaga. Aus dem Leben der Menschen des Hauses Bellefleur wird ein amerikanischer Mythos. dtv 10473

Im Dickicht der Kindheit

In einem Provinznest lebt die starke, in ihrer Sinnlichkeit autonome Arlene mit ihrer jungen Tochter Laney, deren Schönheit und Wildheit der vierzigjährige Aussteiger Kasch verfällt. dtv 10626

Engel des Lichts

Die Geschichte einer alten Familie in Washington, die zwischen Politik und Verbrechen aufgerieben wird. dtv 10741

Unheilige Liebe

Auf dem Campus einer exklusiven Privatuniversität spielen die Mitglieder des Lehrkörpers eine »Akademische Komödie des Schreckens«. Sie lieben sich, sie hassen sich, aber keines dieser Gefühle hält vor. dtv 10840

Letzte Tage

Amerikanische Kleinstädte und europäische Metropolen sind die Schauplätze dieser sechs Erzählungen. dtv 11146

Die Schwestern von Bloodsmoor

Ein romantischer Roman, aber auch eine sarkastische Abrechnung mit den USA nicht nur des vorigen Jahrhunderts. dtv 11244

Angelika Schrobsdorff im dtv

© Isolde Ohlbaum

Die Reise nach Sofia

Die Begegnungen zweier Jugendfreundinnen, von denen die eine heute in Paris, die andere in Sofia lebt, werden zum Ausgangspunkt amüsant geplauderter, aber mit analytischer Ironie erfaßter Beobachtungen über Konsum und Liebe, Freiheit und Glück in Ost und West. »Der Sinn dieser Geschichte ist so uneindeutig wie die Wirklichkeit selbst. Sie gestatten dem Leser, zu seinem größten Vergnügen, sie durch seine eigenen Gedanken, seine eigene Phantasie weiterzuspinnen«, schrieb Simone de Beauvoir in ihrem Vorwort. dtv 10539

Die Herren
Roman

Die Herren, das sind nicht nur die politischen Machthaber, sondern auch die Männer, die das Leben der jungen Eveline Clausen geprägt haben: Boris, die erste Liebe, der Engländer Julian, der amerikanische Offizier, der sie heiratet, der Regisseur Werner Fischer, an dem ihre Ehe zerbricht und dessen Künstlerpathos sie doch so rasch leid wird. dtv 10894

Jerusalem war immer eine schwere Adresse

Der Staat Israel ist in den Augen von Angelika Schrobsdorff »das interessanteste, irrwitzigste Land der Welt«, er fasziniert und erschreckt sie zugleich. Ihre genaue Beobachtungsgabe, ihre Ehrlichkeit und ihre sanfte Ironie geben diesem Bericht über einen scheinbar aussichtslosen Konflikt zweier Völker seine befreiende Wirkung. dtv 11442

Der Geliebte
Roman

Zwei Menschen von gänzlich verschiedener Lebensauffassung suchen nach einer Perspektive für ihre Beziehung. Während er sich energisch bemüht, eine dunkle Vergangenheit zu vergessen, weiß sie, daß die einfachen Lösungen nicht für sie taugen. – Im Schicksal der Personen spiegeln sich, Angelika Schrobsdorffs Züge aus eigenem Leben. dtv 11546

Fay Weldon im dtv

Die Teufelin

Die loyale, aber leider ziemlich unattraktive Ruth erträgt lange die sexuellen Eskapaden ihres Mannes. Irgendwann ist sie allerdings mit ihrer Geduld am Ende. Sie dreht den Spieß um und plant einen Rachefeldzug. Das erste, was in Rauch aufgeht, ist das Eigenheim. dtv 11132

Herzenswünsche

Was Helen und Clifford aus der großen Liebe machen (natürlich eine Scheidung und diverse andere Dinge und noch eine Scheidung und die eine oder andere Karriere) und wie ihre verlorene Tochter Nell viel schöner und klüger wird, als es ihre Eltern verdient haben. dtv 11197

Du wirst noch an mich denken

Ein Mann und drei Frauen, die Geschiedene, die Neue und die Halbtagssekretärin – aus dieser nicht ungewöhnlichen menschlichen Konstellation macht Fay Weldon eine rasante psychologische Studie über Schein und Sein; mit einer Komik, die manchmal mörderisch ist. dtv 11225

Kleine Schwestern

Zusammen mit dem Antiquitätenhändler Victor, ihrem zwanzig Jahre älteren Liebhaber, fährt Elsa für ein Wochenende aufs Land. Der Besuch bei Victors reichen Freunden wird für Elsa zu einer Tour de force durch Liebe, Lügen, Sex und andere Ungeheuerlichkeiten. Aus Prinzen werden Frösche, und nichts bleibt, wie es war. dtv 11305

Frau im Speck

Aus einer von Wohlstandsspeck, Diätkuren und den üblichen Midlife-crises-Affairen bedrohten Ehe hat sich Esther in eine schmuddelige Souterrainwohnung geflüchtet. Was sie dort tut? Sie ißt, und zwar alles, was fett macht. Eine »beste Freundin« taucht auf und spielt den »rettenden Engel«... dtv 11378

Sterndame

Sandra geht mit ihrem Ehemann auf eine Party und verläßt diesselbe mit einem anderen. Das Pikante am vorliegenden Fall: Die Dame ist eine prominente Fernseh-Astronomin, der Gatte ein bekannter Anwalt, und der »Neue« Boss einer Jazz-Band, übrigens ebenfalls verheiratet. dtv 11426

Keto von Waberer im dtv

Foto: Isolde Ohlbaum

Blaue Wasser für eine Schlacht

Ein einfühlsamer psychologischer Roman über die »Liebeslebensgeschichte dreier Frauen – eine weibliche Familiensaga über drei Generationen« (Süddeutsche Zeitung). Eine ›Schule des Gefühls‹ und »ein Buch über das Lieben, so klug und so schön wie lange keines, einfühlsam und mit treffender Ironie beschrieben«. (Die Zeit) dtv 11090

Der Schattenfreund
Liebesgeschichten

Daß Gertrud sich einen Kurschatten zulegt, hat weniger mit purer Liebe zu tun als mit der Tatsache, daß Albrecht, ihr Mann, allnächtlich neben ihr liegt, als sei er ins Koma gesunken. Bei Frau Reinsbeck hingegen geht es im wahrsten Sinne des Wortes mit dem Teufel zu, daß sie plötzlich so höllisch gut ankommt beim anderen Geschlecht. dtv 11326

Die heimliche Wut der Pflanzen
Erzählungen

Eine junge Frau erholt sich nur mühsam von den Folgen ihrer gescheiterten Ehe. In der Großstadt isoliert, verdient sie ihren Lebensunterhalt mehr oder weniger gelangweilt als Angestellte einer Galerie. Da verliebt sie sich eines schönen Tages in einen Besucher... dtv 11405

Der Mann aus dem See

Was macht eine Frau, wenn der Ehemann auszieht und der Liebhaber daraufhin »kneift«? Sie flüchtet zur besten Freundin. Was aber, wenn es sie dann magisch ins Bett von deren Freund zieht? – Daß die Macht der Erotik das Leben häufig nicht gerade vereinfacht, ist nur *eine* Erfahrung, die Keto von Waberer in diesen poetischen und doch schonungslos ehrlichen Erzählungen beschreibt.
dtv 11564

Mary Wesley:
Zweite Geige
Roman

Laura, eine attraktive, unabhängige und unkonventionelle Frau von Mitte Vierzig, lernt in dem Provinzstädtchen, in dem ihre Familie lebt, den Studenten Claud Bannister kennen und findet es durchaus reizvoll, daß er offensichtlich von ihr fasziniert ist. Sie nimmt ihn unter ihre Fittiche, interessiert sich für den Roman, an dem er schreibt, und vermittelt ihm für die Arbeit an dem Manuskript sogar ein romantisches Loft unter dem Dach. Womit sie allerdings nicht rechnet, ist, daß sie sich ihrerseits ebenfalls allen Ernstes in ihn verlieben könnte ... »Die wunderbare Miss Wesley schreibt wie ein rächender Engel, mit einer Frische, einer Lebhaftigkeit, einem Vergnügen am Sex (ohne je danebenzugreifen), der ihre Jahre Lügen straft. Sie hat ein nadelspitzes Talent. Möge sie uns lange damit erfreuen.« (Sunday Telegraph) dtv 11531